当法医遇上警察

中国第一位博士警察的私人手记

左芷津 著

生活·讀書·新知 三联书店

图书在版编目（CIP）数据

当法医遇上警察：中国第一位博士警察的私人手记／
左芷津著．—北京：生活·读书·新知三联书店，2014.8
（2025.7 重印）
ISBN 978 – 7 – 108 – 04962 – 9

Ⅰ．①当…　Ⅱ．①左…　Ⅲ．①随笔－作品集－中国－当代
Ⅳ．①I267.1

中国版本图书馆 CIP 数据核字（2014）第 061871 号

责任编辑　王　竞
装帧设计　赵　欣　张　婷
责任印制　董　欢
出版发行　**生活·讀書·新知** 三联书店
　　　　　（北京市东城区美术馆东街 22 号　100010）
网　　址　www.sdxjpc.com
经　　销　新华书店
印　　刷　北京隆昌伟业印刷有限公司
版　　次　2014 年 8 月北京第 1 版
　　　　　2025 年 7 月北京第 2 次印刷
开　　本　635 毫米 × 965 毫米　1/16　印张 12.75
字　　数　200 千字
定　　价　39.00 元
（印装查询：01064002715；邮购查询：01084010542）

专业带来机遇，也带来局限，

精于专业的人一生都在机遇和局限间纠结。

目　录

入道法医

法医最窘的事是死因不明的案子，在法医学上叫阴性解剖。穷尽一切检验手段，始终没有发现导致死亡的原因或异常，可是这人就明明死了。

法医难当

法医最露脸的时候，当数破命案。记得我刚当上法医时，北京的京西煤矿出了一起杀人案，半夜三更我们出现场。到地方虽然是黑灯瞎火的，可我下车抬头一看，漫山遍野密密麻麻站的全是看热闹的人，就等着警察来。众目睽睽之下，我们法医颇有点"范儿"的味道。

命案侦破起来轰轰烈烈的，领导重视，各方支持，媒体关注，法医抽丝剥茧、丝丝入扣地在现场分析推测一番，最后被证实分析对了的，算是在破案中发挥关键作用，不无得意，立功受奖、升职晋衔、电视访谈好不热闹。但是从技术角度上来说，命案中除了推断死亡时间是个世界性的难题，其他大部分情况并不难。被人用石头砸死了，脑袋都扁了，现场上长着眼睛的都能看明白；尺把长的刀子一下子捅进身体里去，能看见刀口，认定是刀杀的也不需要什么先进的科技手段和特殊的职业训练。

当年我读研究生时，给法医专业本科生讲高坠损伤：坠落的高度

这是我刚当法医时的照片，大概是1984年初；老师正在讲一具尸体，我们听得入神。当时，北京的法医已经换上了新警服（前排），从外地来进修的还是旧警服（后排）。

不同，坠落者身体的损伤就不同，高度越高伤得越重；坠落地面硬度不同，损伤就不同，地面越硬伤得越重。为了说明这个道理，实验课上还让学生拿了几只兔子从不同的楼层上扔下去，分别落到水泥地和草地上。学生们看得心惊肉跳，等回过神儿来问我，老师，您说法医学是科学呢，还是常识呢？我一时竟无言以对，只好敷衍地说科学也是源于常识。不料想，后来从事法医工作时间长了，见的案子多了，发现这"常识"也不是一成不变的。在我后来处理的空难中，飞机的高度足够高了吧，可是发现高度虽高，但遇难者身上的损伤却并不及想象中那样严重。所以对于法医来说，没有不可能，凡事皆有可能。

我被人问得最多的问题是，你当法医就不害怕吗？对普通人来说，一生当中见到死人的机会很少，见到血肉模糊、残缺不全尸体的机会就更少了，加上影视和文学作品中一些神鬼故事的描写，以及敬畏鬼神的文化传统，使人们对死人，或者准确地说是对尸体产生了恐惧。但是对于法医来说，情况就简单得多了。

首先，绝大多数法医都受过医学训练，经过解剖课的历练，已经过了害怕尸体这一关了。说实话，在医学院刚开始学习解剖时还是有点怕的。大一上解剖课，我挺奇怪，男生胆大，不怕也就罢了，怎么女生也不怕？直到一天晚上我们在解剖室里对着尸体上自习课，我们几个男生要先走，嘱咐她们记得关灯，这几个女生连忙说，等等，我们也要回去了——噢，原来她们还是有点儿怕的。

二是在法医的眼睛里，现场上的尸体不是单纯的死人，而是一个重要的物证，破案子全靠他 / 她了。法医面对尸体时，一大堆问题扑面而来：这人是怎么死的，什么时间死的，临死前的情形是怎样，死亡的性质是什么，致死的工具是什么，身上的伤是怎样形成的，自己能形成这样的伤吗，现场有搏斗吗，激烈不激烈，凶手是几个人，有没有可能受伤，是熟人作案还是生人偶遇，现场有可能留下什么物证……回答不出这些问题，案子就没有办法破。在破案的压力面前，法医哪里有时间和精力去"害怕"呢。

记得刚当法医那会儿，我出一个碎尸现场，现场处理完毕，把碎尸块运回解剖室，检验完毕把尸块存入冰库，然后就回去休息了。蒙眬中我突然想起，装尸体的是一个红蓝白色条纹的塑料编织袋，编织袋的拉锁上挂着一把小锁，死者裤子的皮带袢上拴着一串钥匙，这两者有没有关系呢？当时已是后半夜，我一翻身从床上爬起来，一个人重新跑回解剖室，也顾不上害怕了，拉开巨大而沉重的尸库大门，从尸块旁存放的死者裤子上把钥匙解下来，逐个试着朝小锁眼儿里插，突然"叭"的一声小锁打开了。这表明这个编织袋是死者生前自己带来的，凶手作案后就地取材，把死者装在他自己的编织袋里了。那个年代用这种大编织袋的主要是"倒爷"，钥匙和小锁为查明死者的身份提供了重要线索，最后证实死者是一个倒卖香烟的东北小贩，编织袋是用来装香烟的。他从东北来北京进货，卖家看他挺有钱，见财起意，把他灌醉后杀害，抢走了钱，又碎尸装入编织袋。

法医最窘的事是死因不明的案子。死因不明在法医学上叫阴性解剖，就是说经过一系列详尽的尸体外表检验、内部解剖检验、显微镜下病理学切片检验，以及体液、胃内容物、组织的毒物化验后，穷尽了一切检验手段，始终没有发现导致死亡的原因或异常。这导致死亡的原因或异常，法医学上叫做阳性发现。没有阳性发现，可是这人就明明死了。

无论一个人怎样死亡，按照死亡的性质来说，无外乎两种情况：一种是正常死亡，也叫自然死亡，比如年岁过大，或是得了某种严重的疾病，回天乏术，这种死亡是自然规律，对谁都一样；另一种是非正常死亡，简单说就是不该死的人死了，当然没有哪个人是该死的，只是说这个人在生命的这个阶段还没有到死的份儿上。非正常死亡中按照主观意识不同，常分为三类。第一类是自杀，自杀是自己有意识地对自己实施暴力。第二类是事故，不管是自己造成的事故，还是别人造成的事故，肇事者和被害者都没有主观故意，一般是过失所致，比如煤气中毒、失足落水，还有最多见的交通事故。第三类就是被害，或被杀，加害人一定有主观故意，明确地要对被害人实施暴力。

法医是个与死亡打交道的行当，但主要是与非正常死亡打交道，在非正常死亡中又主要与杀人或伤人致死打交道，当然自杀和事故也时常需要法医去澄清事实，查明真相，甄别真伪。破命案能让法医出名，碰上死因不明的案子，可就很难出名了，立功就更别想了。对法医来说，能对付过去，不出差错就算万幸了。虽然现代科学对人体的研究已深入到分子和原子水平，但是对生老病死原因的认识还远远不够，许多死亡并没有科学准确的解释，阴性解剖也就在所难免了。

法医办理死亡案件的关键，是要弄清楚死亡的性质，是被杀的，千万不能错定成自杀或事故，否则就会放纵罪犯。案犯逍遥法外，今后这个案犯不再作案便罢，如果再作案或者是其他什么原因使案件暴露出来，案犯被抓后交代说，哪个案子也是我干的，就会发现法医当初定错了，那就是造成了错案，这个法医就很难在这个行当里"混"下去了。案件当中匕首捅、菜刀砍、斧锤敲、棍棒打、砖石砸、绳子勒、开枪射的，损伤明显，一目了然的好办，一些体表损伤微小的，如电击，甚至是体表根本就没有什么损伤的，如投毒，就要特别当心了，不是有投毒的案子十几年、几十年都破不了吗。

最要警惕的是把凶杀伪装成自杀或是意外事故的。有一个案子，夫妻俩一同睡觉，夜间发生煤气中毒，女的死了，男的活了。我们接到这个案子时感到有点奇怪：从生理上说，男的呼吸深，耐受力差，女的呼吸浅，耐受力强，所以，在同样条件下，男性更容易因煤气中毒死亡。可是这个案子男的活了，女的却死了，这是个例外吗？法医办案就是要先顺着正常的思路和最多见的情况去找，一旦出现异常，又没有合理的解释，往往就是有了问题。

睡在同一房间中夫妻两人都应该中毒，就算是男的命大，侥幸活下来，也应该是重度煤气中毒的样子：头晕恶心，嗜睡萎靡，语无伦次，失去记忆，甚至呆傻，可是这位男士没有明显中毒迹象，思维正常，语言清晰，对答流利。只是发现他与我们交谈时，时常咳痰，痰的颜色是黑的，再仔细看，他鼻子、鼻孔和口唇都有些发黑，这又是怎么回事？煤气中毒没有见过这样的。

现场双人床的枕头旁就是煤炉，炉子上有烟囱直通屋外，炉子连接烟囱地方的炭灰有擦蹭迹象，男的睡在靠近炉子这一侧，枕头和被子上也有少许不易察觉的黑色痕迹。我们有了一个大胆的假设。我们说，他总咳黑痰可不好，我们对他负责，帮他检查一下，就把他送到了医院，联系呼吸科的大夫对他进行了气管纤维镜检查，发现他的气管里、支气管里有许多黑色物质，取出来放在显微镜下观察，就是黑色炭末。经过审讯，他供述，他与妻子感情破裂，妻子死活不离婚，只得想出这么个办法。晚上他把烟囱从炉子上拔下来，罩在自己的口鼻上，当煤气在屋里蔓延开来时，他的妻子中毒身亡了，他却能通过烟囱呼吸；烟囱中的大量炭灰被他吸进了肺里，成了杀人证据。

反过来，如果把自杀或事故错定成被杀，最后顶多是破不了案，抓不到人，公安人员白忙一场，但不会对社会造成大的危害。当然，把命案错定成自杀和把自杀错定成命案都不应该，法医只要把案件性质定准确了，一般就不会发生大的差错。

歪打正着

我考大学时，开始并不想学医，我到农村当知青时曾经种过地，受够了风云突变、疾风暴雨的摧残，所以我特别想学气象，幻想着知风雨、晓阴晴的本领，甚至还打听到南京有一所著名的气象学院。后来一同下过乡的朋友们说，不要以为学了气象就能在城市里鼓捣天气预报，把你分配到大山顶上天天看云雨，测风向，记数据，虽说有老婆陪着，但一干就是几十年，也是说不准的事。我还想学建筑，也是因为刚到农村时自己盖过房子。后来朋友们劝我，盖房子总要跑工地，也是个辛苦差事，再说有建筑专业的学校都是特棒的学校，也就特别难考，像我们这样的，初中只上了一年就毕业下乡劳动，有个学上就不错了，哪敢和应届高中生似的，报志愿像到饭馆里点菜一样，想要哪个就要哪个。

一番胡思乱想，把医学拉入了视野。想想学医也不错，不像在工厂里和铁块打交道，你让它方，上铣床它就变方了，你让它圆，上车床它就变圆了；医生面对的是病人，正合我喜欢和人打交道的性格，于是考了医学院，梦想着挂听诊器、拿手术刀的日子。

谁知等进了医学院才明白，医学生要读五年，每年光考试课就有六七门，五年加起来砖头厚的书要读进去三十五六本；人身体上有什么，长在哪儿，长成什么样都不是以人的意志转移的，只得硬着头皮背，因此学医没有任何创造性，这就是我们男医学生面临的窘境。

不过漫长的校园生活也有许多与其他学科不同的事情，好玩得很。大二下学期开学时正值冬天，课程进入学习听诊阶段。一天老师说，今天收了个风湿性心脏病患者，二尖瓣狭窄合并关闭不全，杂音很典型，大家可以去听听。同学们如狼似虎地一窝蜂冲到这个病人面前，瞬时间九个听诊器一下子全都按在了病人瘦骨伶仃的胸前，把个病人冷得直激灵。后来为了避免这种现象，发明了一种专门教学用的听诊器，一端是一个听诊器头，按在病人身上，另一端分成九个听筒，九个同学可以同时听。想法很好，不过实际用起来就不是这么回事了，这个听诊器像个大章鱼，无论是拿起还是放下，十只"触角"相互缠绕在一起，乱成一团，择都择不开，根本没法用。

医学院的学习时间长，前面两年半在学校学习，后面的两年半全部是在医院实习。记得大家轮转到妇产科实习时，老师指着门口"男宾止步"的牌子说，你们男生要特别珍惜这个机会，很可能你们这辈子只有这一次能进到这个门里面。男生们全都认真起来，绝不放过任何一个接生助产的机会。一天深夜,一位赵姓同学正在医生休息室里睡得迷迷糊糊,突然护士大喊,赵大夫,来接生。赵同学一骨碌从床上蹿起来,抓起白大衣就往产房跑,边跑边穿,从休息室到产房有五十多米的距离,怎么也找不到白大衣的袖子。进了产房才发现,原来他抓的根本不是白大衣,而是床上的白布单。这些糗事在医学院特别多,大家也因为太熟悉,彼此失去了神秘感,五年下来同学间竟没有男女生谈上恋爱的,毕业后成功了的两对夫妻,那是离开学校以后感到"外面的世界很精彩,外面的世界很无奈"才成的。

一个偶然的机会,我在学校图书馆里看到一本棕褐色封皮的精装书——《实用法医学》,随手翻翻,看看里面的照片,觉得挺有意思。我们是医疗系的学生,内、外、妇、儿是主课,学的就是当医生给人治病,课堂上老师最多也就是讲到病人临死前的抢救,像心里注射、心外按摩、气管插管、加压给氧、电击除颤什么的,从来没讲过人死了以后是怎么回事,会变成什么样。对大夫来说,人死了,殓房的师傅把人推走,从那个生死的时间节点开始,以后就不再是他们的事了。

看了这本书才知道,人死了以后,由于面部肌肉的松弛,是眼微睁口微开,一副放松解脱的样子,并不是口眼紧闭、眉头紧锁,一脸受苦落难的表情,当然也没有怒目圆睁的。面部肌肉的松弛还使脸上的皱纹变得平坦了,因此老年人死后显得年轻。年轻人死后显得老,是因为脸上失去了年轻人的活力和光泽。活力是人最重要的生命表象,所以大多数人参加遗体告别时,总会感到死者变化很大,明显不像生前,以为是遭了多大罪,其实是没有了活力。

人死后由于体内一系列复杂的生物化学变化,全身肌肉会变硬,使各个关节僵硬固定,无法活动,这叫尸僵。尸僵可以把临死前的姿势保留下来,法医检验时可以从姿势推测临死前的情况。尸僵经过一段时间,随着人体逐渐进入腐败,会慢慢地缓解,通过尸僵的变化法医可以推测出死后经过的时间。

人死后血液循环停止，血液下坠，沉积在身体低下的不受压迫部位，血液的颜色透过皮肤，使得皮肤呈现暗紫色，这叫尸斑。一般人都不知道人死后皮肤颜色的变化，在一些意外发生的死亡中，死者家属常常把这种暗紫色的尸斑误认为是"遍体鳞伤"。

在大学里翻看这本书也就是图个新鲜，根本没有想到这辈子会跟法医结缘。

正式入行

1978年我考大学时是恢复高考的第二年，第一年人们还没有完全从"文革"中惊醒，"文革"前受过正规中学教育的老三届高中生们几乎手拿把攥地考进大学。等到第二年，人们对新社会的信任和通过个人努力改变命运的期待已经提高到"非大学不上"的热度，鱼龙混杂的庞大考生队伍，录取比例已经达到了25∶1。

由于对政治斗争的厌倦和对逝去时光的紧迫感，入学后大家特别崇尚学习，每年评选三好学生就一个条件：学年考试成绩平均在90分以上，一般一个班也就是三四个。三好学生的奖品也很实惠，就是下个学年的全部课本。我们班里几个岁数大的，学习特别努力。

1983年我大学毕业时，国家还处于计划经济时代，学校负责统一分配，每个学生按照公布的分配单位挑愿意去的地方，填写志愿后再由学校统一安排和调剂。如果能连续三年当上三好学生，毕业时想去哪个单位，随便挑。可惜我只连续当了两年的三好学生，差一年就能随便挑了。不过学校知道我成绩好，还担任过班长和学习委员，也想帮帮我，就征求我的意见去哪里。

当时的医学毕业生大多想搞科研工作，争着留校，或者是到科研单位，也不懂得干临床、当医生最吃香，当然当时也没有"医闹"和临床医生屡受人身侵害的案件。我看到分配方案中竟然有北京市公安局，一问，得知是招人去做法医，条件是三个：一是男的，二是不戴眼镜，三是三十岁以下。看看自己浑身上下，这三条都合适，就报了名。

其实我对公安局并不了解，家里祖祖辈辈从来都没有人当过警察，倒是学校的保卫科长比较熟悉，他主动跑来眉飞色舞又神秘兮兮地向我介绍，说我要去的地方号称"天下第一科"，藏龙卧虎，神通广大，威力无边，可是不得了。我半信半疑默不作声，心想，这位保卫科长在学校里是出了名的厉害，平时根本不把我们这些学生放在眼里，横眉立目、吆五喝六地可凶了，老师和学生们没有不怕他的，现在突然对我这样和蔼，隐隐感到这个单位确实不一般。

当警察的要求比当医生严多了，需要面试，看一看身高、相貌，眼歪不歪、嘴斜不斜、站不站得直、走不走得正，总之，言谈举止适合不适合当警察。当年是北京市公安局的法医老前辈庄明洁，带领着年富力强的中年法医任嘉诚来我家面试。

嘉诚板着面孔，一进门先倒出一堆法医工作如何辛苦之类的话来。"丑话说在前头"就是这个意思吧。我明确回答道，咱也是上山下乡、工厂农村干过来的，还能在乎这个。听我回答得简单干脆，根本不像假装的，气氛顿时缓和了许多。接着嘉诚又随便问了一些家里人的情况，面试不长时间就结束了。人就是这样，对不对缘，几句话一碰就清楚了。他们走后，我估摸着，岁数大的、不吱声的应该是司机，年轻一些的，总问我话的可能是科长。后来才知道，正好相反。原来他们早在门外约好，嘉诚负责问话，庄老在旁静观。此后，我顺利进入北京市公安局刑侦处技术科，算是正式加入了法医队伍。任嘉诚成了我的良师益友，据说当年他刚出门就说"这个人咱要定了"，而且他入党四十余年，前前后后只介绍过我一个人入党，是他的关爱，更是我的荣幸。

当上法医后的第一次解剖尸体就是任嘉诚老师带的我。我们是"文革"后第一批进入北京市公安局当法医的大学毕业生，老法医们认为我们是正规医学院出来的，一定都会干解剖，其实我们只是上过人体解剖课，自己根本没有动手解剖过尸体。我硬着头皮站在解剖台的另一边，老师用解剖刀拉一下，我就用解剖刀拉一下，反正是他拉哪里，我就拉哪里，一台解剖做下来，老师居然没有看出破绽，让我挺高兴，这么紧紧张张地开始干的法医，哪里还顾得上害怕死人。

真正当上法医，干了一段时间后，才逐渐认识到"法医"与原来学的"医生"大不相同。医生每天坐在医院里，病人来了可以直接问他，你怎么不好了？病人会告诉医生说，昨儿晚上着凉了，或是吃了什么东西不合适了，过去的什么老毛病又犯了。医生一下子就能把生病的原因找到，从原因就能导出结果，就知道病人发展下去将会是个什么结局。医生的本事就是要用医疗手段阻止病情恶化，也就是阻止结果的发生，所以治病救人是一个由因导果的正向思维过程。法医就不同了，法医到现场时人已经死了，结果已经出来了，需要法医从结果出发，搜寻各种物证，解读物证背后的现象，推测勾勒出案件的轮廓，逆向推导出原因，这种由果导因的反向思维过程具有极大的挑战性，使我逐渐地迷上了法医。

"单飞"办案

法医往往对自己第一次单独出现场办案记忆犹新，借用人家飞行员的叫法，也叫做"放单飞"。

一般情况下，从跨入法医行当开始到能够"单飞"，怎么也要跟着老法医干个两三年的时间。因为"单飞"的标准是要能够应付一般的死亡案子，只有经过一定的时间，才有足够多的机会把各种常见的死亡案件都见过、处理过，时间短了，见不了那么多案子，日后真的遇上就难免手忙脚乱。

我也照例先跟着老法医们学习了一段日子，后来又去中国刑警学院进修了十个月，回来后又跟着老法医跑前跑后，直到 1985 年 2 月 7 日，终于放了"单飞"。

　　那是北京一个冬末春初阳光明媚的下午，技术科楼道里的广播喇叭传来值班人员"法医、照相出现场"的呼喊声。无论春夏秋冬，无论白天黑夜，这个喇叭的喊声就是命令，特别是当值班人员打开扩音器的电源，喇叭里传出来沙沙的电磁声，但又没有开始喊话时，各专业的技术人员都在屏息静听，不知道是什么现场，有没有自己的事。

　　无论什么案件，照相人员是必须去的，因为任何现场，拍照记录都是必不可少的。如果只通知照相和痕迹人员去，估计一定是盗窃现场；如果通知照相和痕迹人员，再加上法医一同去，就一定有人的事了，十有八九是个命案现场；要是再加上录像人员，就一定是特别重大的命案现场（那时候条件差，不是每个现场都要录像）；要是再加上爆炸工程师，就一定是爆炸死亡案件；如果只通知照相加上法医去，往往是非正常死亡的案子，多是意外，现场没有犯罪痕迹可看；但是如果遇到跳楼、卧轨之类的自杀案子，痕迹也必须到现场甄别是自杀还是他杀。

　　这天是我值班，法医室晨会上，主任说：左来了也有一段时间了，学得差不多了，再有一般的现场就"单飞"吧。对任何一名法医来说，听到这话就像学徒要出师了一样，既兴奋又激动，当然，心中也在默默地祈祷：第一次"单飞"，可千万给我来个容易点儿的案子。

　　听到广播通知，我拎着早已准备好的全套法医器械来到楼下大厅，到值班室拿了《情况简报》，几个老法医也凑到值班室来看看是怎么回事。死者名叫英胜利，是位女性，29 岁，当天下午发现死在家中，因为死因不明，西城公安分局请求市公安局法医支援。几个老法医一合计，对我说，你自己去吧。我心中暗暗高兴，可是嘴上仍说：还是您带我去吧，请老师们多给把把关。老法医说，有什么问题回来再研究，便把我一个人扔在大厅里了。照相室值班的是英武帅气的小韩，我们俩人一起，再叫上两个正在我们这里实习法医的学生当帮手，一行四个人就登车出发了。

到了分局，治安科主办的民警介绍说，死者英胜利29岁，还没有结婚。在上个世纪80年代，这么大的姑娘还没有结婚出嫁，可真是爹妈的一块心病，家里为了这个老姑娘的婚事三天一小吵，五天一大吵，弄得鸡犬不宁。这样的家庭环境肯定是待不下去了，这位姑娘就在距离她家不远的新街口租了一间平房，自己搬出去住了。

出事的这天早上，英姑娘没有去上班。到了下午，单位发现她还没有来，就派人去找。单位同事和她的家人一同来到英姑娘住的地方，只见房门紧锁，破门进去发现英姑娘已经气绝身亡。向邻居们了解情况得知，昨天晚上似乎有人从英姑娘的后窗朝屋里望了一下。女大未婚，离家单住，不明人士深夜偷窥，突然死亡，原因不明，被害的可能陡然增加。我这个刚"放单飞"的法医，不怕事大，就怕事小，立即提高了警惕。

了解了大概的情况，我们赶到存放尸体的积水潭医院太平间，从冰柜里拖出英胜利的尸体，我先按常规做了体表检验，结果不要说是没有见到致命性损伤，就连一点点微小的损伤也没有。

没有发现损伤，我脑子里的法医想法全出来了，生怕漏掉了什么。2月的北京天气还是比较冷的，可不可能是煤气中毒？刚才在她的住处看到了炉子；煤气中毒的尸斑是樱桃红色的，我特别观察了尸斑的颜色，感觉颜色不够红。是不是注射毒针死的？针眼小可不好找，千万别漏了，我在她全身仔细地找了好几遍，没有发现。会不会是电击死的？电击部位形成的微小电流斑也不好找，一定要特别注意，我把英胜利身上犄角旮旯，特别是有毛发覆盖的部位，都查看了，没有见到。她是在床上死的，能不能是被枕头这类柔软的东西捂压口鼻捂死的？这种情况有时皮肤外表没有损伤，但口腔内侧的黏膜在牙齿的硌垫下，会有破损，要翻开嘴巴去看；我看到口腔黏膜光滑平整，什么都没有。我按照自己种种假设，一丝不苟地检查着，最后还是什么异常都没有发现。我们不敢怠慢，请照相的小韩认真地按照检验和记录的要求，正面、背面、头面、重点部位一张张地拍了照。然后进行系统的解剖检验，虽说是首次"单飞"，但是在师傅手下解剖可没有少干，手脚还是挺麻利的。

结果全身解剖做下来，什么死因也没有发现，我心里"腾"的一下就毛了，怎么我的首次"单飞"竟是这么倒霉！这可怎么办！我恨不得问她一声，"你到底是怎么死的啊？"没有别的办法，只有一点点仔细地检查身体内外的每一个部位、每一个器官，查找死因。小韩是见多识广的老照相了，他一看没有死因就知道要改为"慢功"了，自己提着相机跑到解剖室外面去等着。是啊，谁没事陪着法医在尸体边上站着闻臭味啊。

我越检查不出死因，心里就越发毛。回想着过去办的案子，多么盼着解剖中，尸体的肚子一切开，里面一肚子的血，一个胚胎浮在上面——未婚女性宫外孕大出血致死的可不少见，已婚的有点儿不舒服早就送医院了，未婚的不敢说，有点不舒服自己挺着，挺着挺着就出大事了。或是一打开颅腔，脑子里一个大凝血块，脑溢血——年轻人脑血管发育畸形破裂出血可太多见了，脑血管发育畸形的人貌似健康，好人一样，实有潜在的致命性血管缺陷，常常没有先兆和诱因，血管突然破裂，出血迅猛，根本来不及抢救。或是一打开心脏，冠状动脉硬化性心脏病，血管狭窄超过 50% 以上，有的血管壁甚至都钙化了——那也行啊，现在年轻人血压高、动脉硬化的也不少。结果这些都没有。我依次打开了颅腔、胸腔和腹腔，逐个地翻来覆去地检查各个脏器，最后还少见地费尽九牛二虎之力，用双板锯锯开脊椎骨，取出脊髓进行检验，结果仍然是一无所获。时间悄悄地溜走，这个尸体检验竟干了四个多小时。

我们从下午一直干到天黑，小韩还真耐心，陪着我们一趟趟地跑来跑去，毫无怨言。到最后我也没能找到死因，没有任何其他的办法，只有笨笨的一招儿，就是把全套内脏一点儿不剩地全部带回去。

我把各种脏器装进塑料桶里，心想，剩下的就是一个壳儿了，差一步就把个壳儿带回去了，可就算是把这个壳儿带回去也没有死因啊。临走时我嘱咐分局治安科的民警，目前还没有找到死因，千万保存好尸体，我们还会复检的。

也顾不得吃晚饭，一回到科里的办公室，我填个单子，把提取的胃内容物、心脏里的血液，以及其他供检验用的脏器和组织送到毒物化验室，进行常规化验，再到解剖室里，把带回的脏器按照要求切成福尔马林液能泡透的小块，泡好固定，准备病理检验切片用，第一次"单飞"的不顺，让我忐忑不安，心情郁闷地度过了一个晚上。

援兵解困

第二天法医室晨会上，我把昨天英胜利尸体检验的情况汇报了一遍，请大家帮着想想办法。对于老法医来说，没有死因的案子见得太多了，大家并没有觉得怎样。主任说，下午先和我一道到医院太平间去看看尸体，确定的确没有外伤后，再从病理检验上下功夫。

新法医"单飞"遇挫，几个老法医还真帮忙，师傅们说，除了投毒，一般只要是外力致死的，多多少少都会留下一些损伤的蛛丝马迹，如果最终确定尸体上什么损伤都没有，毒物化验也没有检出毒物，一般来说就是病死的，只不过一时半会儿还不能确定得的是什么病死的。当法医首先是确定死亡的性质，是他杀、是自杀、是意外还是自然死亡，性质定不错，别的就好办了。听了这话，我明白了，没有致命性的外伤和投毒，死因不明主要看病理检验的结果了。

下午，主任和我骑自行车来到太平间，主任只看了死者的面部和颈部便不再看了，说，没有问题。果然是高手——原来致人死亡总要伤在要害上，头、颈部最是要害，伤在其他地方一时半会儿不会死的，如果是锐器刺中心脏这样明显的损伤，我做体表检验时能看不到吗。这些经验真是需要长时间的积累。可见"单飞"固然好，但有老师带着，学习老师们的多年经验也是一种难得的机会。

曾经有一次我们侦办一起碎尸案，在北京发现了躯干部分，案犯把大腿以下通过火车托运到了天津。我们请天津市公安局的法医来北京，对两个地方发现的尸块进行拼接比对，确定是不是同一个人。

天津市公安局有一位老法医，是国内法医界的著名老前辈，德高望重，我们这些年轻法医都很尊重他。请他们来拼接尸体，我们正寻思着他怎么抱着一条死人大腿乘火车呢，不料他两手空空，什么大腿也没带，只随身带了一只出差常拎的黑色人造革小包。

到了解剖室，只见他从随身小包中拿出一段5厘米长的大腿骨断茬，朝躯干部分的骨头断茬上一插，严丝合缝，分毫不差，无疑，北京和天津发现的尸块是同一人了。这个大腿骨的断茬是天津法医检验时锯下的。是啊，同一人的认定，只要断开两端的骨头对上茬儿了，就行了，哪里需要把整条大腿抱来呢。这些老法医的经验真是让我们心服口服。

按照规定，正规的病理检验需要一个月的时间，因为要等福尔马林固定液将构成人体组织的蛋白质充分变性，固定了才能切片，再进行染色。为了缩短时间，我很认真地按时更换固定液，在老法医的指导下，将组织块再改切成适合切片的小块，争取早些天切片检验。

时间一天天过去，最先送回法医室来的是毒物检验报告，未检出常见毒物，一句结论断了投毒或是服毒致死的念头。

最后切片室把病理片子切出来，我在显微镜下仔细观察：大脑、小脑、延髓、脊髓、肺脏、气管、支气管、心脏和血管、肾脏、肝脏、脾脏、胰腺、甲状腺、肾上腺、食道、胃、大肠、小肠、颈部肌肉、子宫、卵巢、膀胱，除了胰腺里见到少量红细胞外，其他脏器都没有发现任何致死性病变。这个结果实在令我沮丧，没有一个明确的死因是法医的大忌，首次"单飞"就没有死因，显然是大忌中的大忌。

我把切片端给了老法医们，并且汇报了我看到的情况。北京市公安局的法医有个好风气，一旦谁遇到了困难，大家一拥而上，谁都不会袖手旁观，更不会等着看谁的笑话；因为法医们心里都明白，今天你碰到的难题，没准儿明天就叫我碰上了，保不齐明天哪位法医还会碰上其他千奇百怪的难题，所以有忙大家帮是法医的好传统。久而之，有的法医在一些专门问题上有了自己独到的见识和方法，形成了专长。比如有的法医对绳索的打结方法颇有研究，自缢现场上，死者脖子上的绳结看不明白的，就在没有打结的地方剪断，然后把绳索带回来，晨会上大家对着绳结一番研究，总会有高手帮着指点迷津。

老法医们轮番查看英胜利的病理切片，结果也不得要领，再派人去看尸体，也没有新的发现。把剩下的组织块再切片，也没有什么新的结果。一时这个貌似不复杂的案子陷入了僵局。

但凡案子办到了这个份儿上，已不是一个人的案子了，而是全体法医的案子了；找不到明确的死因，已不是我这个初出茅庐的法医不灵了，是我们老老少少全体法医都不灵了。大家一筹莫展的时候，案子惊动了我国著名的法医病理学专家赵经隆先生。

赵经隆先生1924年6月出生，山东龙口人，1952年毕业于北京医学院，1953年结业于卫生部法医学高级师资班，是新中国培养的第一批法医。师资班主要为医学院校培训法医教师，赵经隆被分回母校任教。1958年，卫生部决定取消医学院的法医课程，法医教师全都改行，赵经隆带着五年来打下的法医病理学的坚实基础和科研能力，到北京市公安局干上了基层法医。这一干就是三十多年，经历了无数案件，特别是"文革"中，他和另一位老法医刘培善，今天你值班，明天我值班，两人轮流全城飞，应对全北京"文革"中各种各样的死亡案件，亲力亲为地检验和鉴定了许多国内外名人的死亡，负责任地为历史留下了无可置疑的结论。我曾翻阅过他们当年的检验记录和鉴定书，虽是动乱年代，在没有任何人的约束和监督之下，他们手写的检验记录和鉴定书字迹工整，描述全面，用词精准，一丝不苟，堪称法医的楷模。

赵老前辈闻讯来到我们法医病理室，二话不说把全部切片要了去。他老人家有一句名言："法医不问案情"，意思是说法医要靠自己的检验和诊断判明案件的真相，切记不能被听来的"案情"所绑架。听来的"案情"时常隐含着主观记忆和表达的不准确，甚至是错误，而且随时可能有变化，只有自己亲眼看到的尸体现象和损伤情况，特别是显微镜下的病理诊断才是最靠得住的。

赵老把自己关在办公室里好几天，终于把我们叫了进去。经过他的观察和分析，他认为英胜利因患急性出血坏死性胰腺炎死亡。他一边调整着显微镜一边说：你们看，胰腺中的红细胞就是证据。"红细胞像汪洋大海一样，坏死的胰腺组织像岛屿一样分布其中，这就是急性出血坏死性胰腺炎的典型改变。"

做法医的都知道，急性出血坏死性胰腺炎是一种发病迅猛、常常引起猝死的疾病，病因不十分清楚，有的认为与饮酒有关，有的认为与高脂肪或高蛋白饮食、暴饮暴食有关，比如一次吃进大量的油炸花生米，但是更多的时候并没有明显的诱因。初起时胰腺组织肿大变硬，进而发生坏死，具有很强消化作用的胰液就会从坏死的胰腺组织中释放出来，胰液可分不清是人体自己的组织还是吃进体内的食物，它会迅猛地消化人体自身的胰腺组织和血管，导致胰腺组织进一步坏死，释放出更多的胰液，形成恶性循环，胰腺血管被胰液消化坏死，引起大量出血。早期表现为突然发作的上腹部剧烈疼痛、恶心、呕吐及中毒症状，发病初期就会出现大脑、心、肺、肝、肾等重要脏器功能衰竭、休克、少尿、呼吸困难、精神错乱，后期可出现消化道出血、腹腔出血、重症感染及弥散性血管内凝血，病情极其严重，凶险，发展迅速，并发症多，死亡率高达 30%—40%。真想不到这些个只能在显微镜下才见到的红细胞就能让一个大活人死亡。

死因终于弄清楚了，赵老亲自帮着写出了法医病理学诊断，我看了一眼，那上面照旧写着："红细胞像大海样，坏死的胰岛组织似岛屿样分布。"赵老用如此形象的语言来做病理描述，给我留下了深刻的印象，原来科学也有通俗的一面。有了权威的病理诊断，我如释重负，底气足了，腰杆也硬了，依据赵老的结论，迅速出具了英胜利的法医鉴定书，通知分局办案人员取走了最终鉴定。

鉴定书发出了，案子应该告一段落了，但我心里仍不踏实，不知道家属那边能同意这个结论吗？过了几天，分局治安科的同志来技术科办事，他的回答出乎我的意料，他说，英胜利的家属非常满意。我一惊：人都死了，有什么好满意的呢？他说，经过你们专家的权威检验鉴定，英胜利是病死的，家属满意的就是这个。这么长的时间了，家属最担心她不是病死而是其他原因死亡的，比如自杀，多不好听，大姑娘家好好的为什么要自杀，是不是家里人欺负她了，甚至说是不是被家里人逼的；再比如是他杀，为什么杀她，什么人杀的，两个人之间有什么事，她一个人住在外面，家里人是不是没有尽到保护的责任，是不是故意把她赶出家门置于危险的地方不管不顾……各种流言蜚语和无端猜测都会一股脑儿地涌来。老北京人最讲面子了，对老百姓来说，这些都是事儿啊。

听了这番话，我真是大开眼界，原来一个人的死还牵扯到这么多事儿，死了的人不说，活着的人竟有这么多着边儿和不着边儿的想法；生命可敬，人言可畏，这就是我的"单飞"。

初办命案

对法医来说，颈部是尸体检验的重点，因为颈部是人体最容易受到外力压迫、受压后最容易引起死亡的部位。

黄泉不归人

"单飞"办案后不久，首次命案就来了。我的第一次"单飞"办命案也没有那么简单、顺利。

1985年夏天，北京市公安局刑侦处接报，海淀区温泉乡一位叫崔国庆的46岁男性村民在家死亡。崔国庆出生在一个非常贫穷的农民家庭，自小父母双亡，只有个哥哥。年幼的兄弟俩相依为命，好心的邻居东家给口饭吃，西家给件衣穿，生活的艰难可想而知。慢慢长大后，勤劳的两兄弟日出而作，日落而息，家境逐渐有了起色。俗话说长兄如父，哥哥帮着弟弟崔国庆娶了媳妇，生下了两个儿子，哥哥却一直是单身。

出事的当天早上，他的家里人到村里的红医站报告说，崔国庆前一天在家喝酒，喝多了死了，红医站不问就里，开出了死亡证明，家里吹吹打打地把丧事办了，崔国庆的遗体便被送往殡仪馆火化。要说是鬼使神差一点儿也不假，碰巧殡仪馆的火化炉发生了故障，临时停炉检修不接"活儿"，遗体没能及时火化，暂时停放在殡仪馆里。

此间，村里左邻右舍议论开来：崔家二小子平时从不喝酒，怎么一下子就喝酒喝死了呢？邻居们都是看着这两兄弟长大的，对他们的生活习惯一清二楚，各种传言越传越大，越传越邪乎。有人把怀疑的传言告诉给派出所。派出所哪里敢怠慢！例行公事地报告市局刑侦处，请求派法医检验尸体，澄清一下，把个关便罢。一起死因不明的案子就到了我们的手中。

因为只是一起死因不明的案子，法医去只是检验一下尸体，明确一下死因，没说是凶杀，也就没有那么紧迫，我随便选择了一个上午，带着一位刚入道的新法医当助手，一同到了西苑医院的停尸房。西苑医院隶属中国中医科学院，属教、学、研相结合的综合医疗单位，所以它的解剖室挺大的，工作条件和解剖设备也不错。尸体还没有从殡仪馆运来，我们不慌不忙地做着尸体解剖检验前的准备。

一会儿，崔国庆的遗体运来了。尸体按照中国的"老理儿"装殓得还真不错。首先是"铺金盖银"，就是尸体上面盖的布单是白色的，下面铺的布单是金黄色的，寓意就是死者到了那边也能享受荣华富贵。戴着棉帽子的头枕在头尾两端翘起的鸡鸣枕上。据说死者头枕鸡鸣枕，可以使灵魂在早上的鸡鸣中保持清醒和灵敏，还能庇荫子孙"闻鸡起舞"，催人奋进。口里塞着一包茶叶，为的是除去尸体的异味。左手心里攥着一根麻花，右手掌上用红线绳拴着一个中间打了孔的5分钱钢镚儿，这些习俗都有讲究。

老话儿说，人死之后走上黄泉路，在黄泉路和冥府之间隔着一条忘川河，河上有一座桥，名叫奈何桥，可能是谁也不愿意死，可是死亡来临谁也抗不过去，无可奈何的意思。过了桥后有一个土台叫望乡台，望乡台边有个老妇人在卖孟婆汤，走过去的时候要给孟婆一个铜子儿买碗汤，喝下这孟婆汤就会忘记人间的一切喜怒哀乐、恩爱情仇，轻松地往生去了。现在没有铜子儿了，只好拿钢镚儿去买了。孟婆养了一条狗，拦在路上不让过去，要先把麻花丢给狗，趁它追着吃麻花的时候，赶紧走过去。

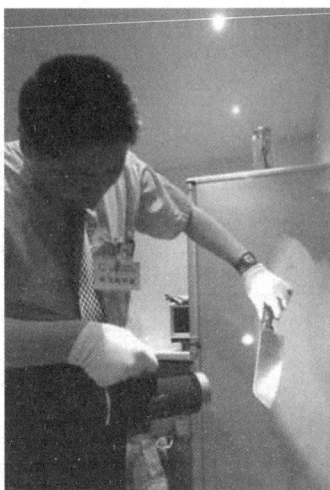

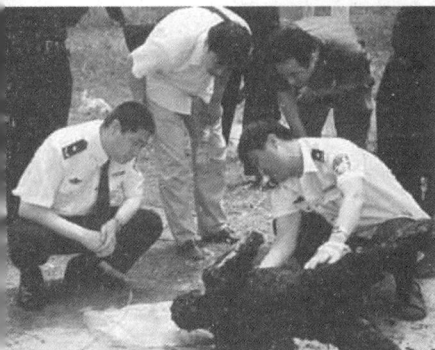

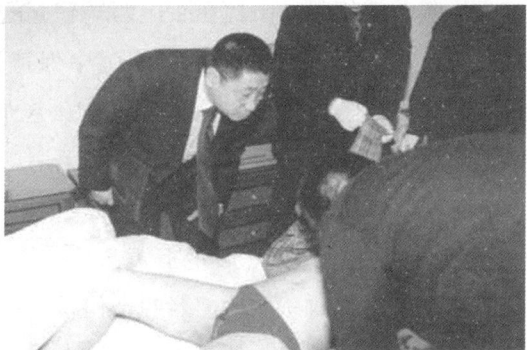

我出过很多命案现场，却鲜少留下照片。这几张是为数不多的工作照。

崔国庆的尸体不仅衣着整齐，而且是规规矩矩的。衣服一般讲究四上三下，就是上身要穿四件，因为春夏秋冬四季的衣服要全都有才行，否则到了那边没有应季的衣服可不成。下面穿三件就行了，女的最外边要套条裙子。另外不能有腰带，扣子在最后时刻也要剪了去，否则人被捆住了，投生不得也是麻烦。总之，给我们的印象是崔国庆死后的一切都收拾得像模像样的。

刀下识命案

脱去寿衣，我开始作尸体外表检查。崔国庆身高有一米八五，上肢、下肢的各大关节还隐约存在着尸僵，一般猝死、酒精中毒的尸斑颜色比较深紫，崔国庆的尸斑也基本是这个颜色，没有什么异常。由于尸体存放时是仰面朝天，尸斑正常地出现在了尸体低下部位不受身体压迫的地方。崔国庆皮肤黑亮，身材魁梧，骨骼粗大，虽然已死了几天，但依然看得出肌肉结实，凹凸有致，一看就是农村里能干重体力活的壮劳力。体表检查没有发现明显的致命性外伤。

我仔细观察崔国庆的面部，发现隐约有极其细小的小点子，像没有完全洗干净，有点儿脏，沾了灰尘的样子。记得曾听老法医们说过，被掐死的人，脸上偶尔会见到特别细小、几乎看不出的出血点，法医把这张"脏脸"戏称为"掐死脸"，但是"掐死脸"并不经典，不是每个被掐死的人都有，法医间作为经验在流传，法医教科书中从来没有提到过。

接下去，我仔细检查崔国庆的颈部，透过他黝黑粗糙的皮肤，隐约感到有一丝淡淡的青紫色，颈部的皮肤上没有见到外力作用造成的任何损伤。

翻开眼皮，崔国庆的双侧眼睑结膜有多个极细小的出血点。窒息致死的人会有这种出血点，但这类出血点在类似酒精中毒引起猝死的尸体上也并不少见。如果这种出血点同时还伴有面部、颈部符合窒息的其他改变，就让我对他的死因顿生疑惑。

胸部、腹部、后背、四肢，体表检查完毕，没有发现损伤。这个结果很正常。鉴定酒精急性中毒死亡，一般来说，体表不会有致命性损伤，当然不排除人喝醉了以后，神志不清、东跌西撞，在体表甚至是面部造成的一些磕碰伤，有时虽然会伤得比较重，但是大多不致死，如果伤重致死，这个损伤就有可能是直接死因了，酒精中毒只能是合并死因。如果解剖中没有发现其他的致死原因，取心脏内的血液和肝脏，回到实验室检验出血液和肝脏中酒精浓度达到致死量，或者达到了中毒量，酒精中毒致死的结论基本上就可以得出了。

开始解剖，为了保持死者颈部皮肤的完整，医学解剖往往采用"T"形切口，"T"的一横是两个肩膀经过胸骨上端横向切开，一竖是从胸骨的上端一直切到躯干下方的耻骨，颈部前面的皮肤不切开，完整地保留着。现代医学解剖刀法起源于西方，西方女性要穿低胸的衣服，颈部皮肤的完整就显得特别重要，"T"形切口解剖的遗体，告别时家属看不到解剖的切口，感觉会比较好一些。如果需要检查颈部，就要把颈部的皮肤剥开，向头上掀起，从颈部皮肤的下方掏进去检查，这样虽然颈部的皮肤是完整的，但是难免会破坏颈部肌肉和器官的正常解剖位置，检查起来也不容易看清一些细微的改变。

对法医来说，颈部是尸体检验的重点，因为颈部是人体最容易受到外力压迫、受压后最容易引起死亡的部位。颈部体积狭小，血管神经气管密集；颈部暴露在外，目标明显，无衣物遮挡覆盖；不像头部和胸部，颈部无骨骼保护，施加压力方便，所需外力不大；而且致死迅速，被害人反抗困难，特别是往往不需要其他作案工具，仅用手掐就能致人死亡，而且手接触人体后，极难在皮肤上发现指纹。在许多掐、扼致死的案件中，即使没有衬垫物，从尸体皮肤表面上几乎看不到任何外力作用形成的损伤，用这种方式杀人既隐蔽又快捷，实际案子中可太多见了。

掐压颈部引起死亡一般是三种情况，一是大力压迫气管，将气管压闭，空气无法吸进肺脏，缺氧而死；人的大脑对缺氧的耐受时间一般是五分钟，超过五分钟生还的希望就很小了。二是大力压迫颈部的大血管，将血管压闭，血液无法正常循环供应大脑，同样几分钟后，由于大脑缺血缺氧死亡。三是颈部分布一些重要的神经感受器，当外力刺激到这些敏感点时，会引起呼吸、心跳的骤停，导致死亡。曾经有过学校午休时，一个同学歪着头趴在课桌上睡觉，到该上课时，为叫醒他，另一个小同学用小木尺敲了他脖子一下，尽管这一下用力非常轻微，但这个同学立即莫名其妙地死了，事后发现这就是神经反射所致。所以日常生活中，脖子是非常敏感的部位，万万开不得玩笑。

由于颈部对法医特别重要，我们解剖刀法是从下巴尖开始向下，先切开颈部正中的皮肤，然后一直切到耻骨。

解剖刀子一下去，眼前的情况骤然变化了——颈部的皮下组织和肌肉已经是大面积破碎，脖子前面和两侧的肌肉间夹杂着大大小小许多凝血块，肌肉挫碎，颈部各个器官的组织结构和解剖位置混乱，呈糜烂状，颈部深层的血管、气管、肌肉和筋膜也都有不同程度的损伤和出血。毫无疑问，这些损伤应该是脖子前面受到过重力压迫，脖子在重力下挣扎、扭动，反复挫揉、挤碾造成的。

我看到，舌头后下方舌骨大角周围的肌肉有明显的出血现象，我的手触摸到左侧舌骨大角有可疑骨折。舌骨是一个马蹄形的骨头，长在舌头的根部，半环形向前，开口的两个尖端向后，称作舌骨大角，舌骨大角只比牙签略粗一点，在外力作用下极易发生骨折，一般在掐、扼致死的案件中很容易发生。看到这些迹象，崔国庆被人扼压、掐压颈部，窒息死亡的初步印象出现在我的脑子里。

剖开胸腔，只见肺脏饱满、膨隆，瘀血非常明显，肺脏的表面有针尖大小的肺膜下出血点，心脏表面的血管周围也散布着极细小的出血点，其他的脏器也都是充血水肿状态。尸体外表检验和内部剖验的结果清楚地表明，崔国庆应该是被人掐压颈部、窒息死亡的，法医教科书上也是这样描述的。

一起饮酒过量致死的案件变成他杀了，案件的性质完全变了，这可不是闹着玩的，杀人是人命关天，做法医的做出命案的判断也同样是人命关天。虽然尸体上种种改变清楚地摆在那里，我心里也不踏实，这毕竟是我的"单飞"命案，可千万不能错了。但是无论怎么说，颈部的损伤是明摆的，怎么喝酒也不会喝成这个样子。

打电话汇报后，我小心翼翼地把整个舌骨从周围肌肉中分离开，取了下来，左侧的骨折清晰可见，骨折断端沁出了血迹。我按照操作程序取了心脏里的血液、胃内残留的食物、胃壁组织、肝脏、胆汁、尿液等带回去做毒物化验，再请照相技术员把尸体上的重点部位全部照好了照片。

现场辨真伪

我告诉分局治安科的民警，这有可能是个案子，不是简单的喝酒死的，咱们得到现场去看看。我们一行人来到了位于北京海淀区西北角的温泉乡，这是个典型的乡下村子，没有费多大劲儿就找到了崔国庆的家。

迎出来的是崔国庆的媳妇，矮小、瘦弱，头发散乱，脸和手、鞋和衣服都不怎么干净，一副邋遢模样，和刚才见到的膀大腰圆、穿戴整齐的崔国庆形成了鲜明的对照。她把我们让进他们家，这是一个最平常不过的农村小院子，里面有几间房子。

我们先来到崔国庆夫妻俩住的屋子里，屋子正中放着一张折叠饭桌，桌子正中戳着一个已经空了的"二锅头"瓶子——这一定是给我看的，意思是说崔国庆就是喝这瓶酒死的。屋子里摆着一张最简单的双人床，床板是碎木板拼的，床头是铁管的，呈栅栏状。鉴定酒精中毒时，呕吐物的酒精浓度检验十分重要，我本想从床上的被褥中寻找点儿喝酒后的呕吐物什么的，结果一看，床上什么铺盖也没有。

我扭过脸来问崔国庆的媳妇："床上的东西呢？"

她答道："全扔了。"

我再问："扔哪儿了？"

她答道："扔到茅坑里了。"

我转身到院里的厕所里查看，什么都没有。我回到屋里，再次问道："茅坑里没有呀？"

她答道："后来烧了。"

我问："干吗烧呀？"

她答道："死人的东西我不烧，我给你留着？"

一句话还真把我给噎住了，我心里挺不高兴，哪有这样说话的，但是转念一想也对，死人的东西人家不烧留着它干吗呀。我不再作声，仔细地查看崔国庆死前住的屋子。

此时，崔国庆的媳妇抽空把崔国庆的哥哥叫了回来，说公安来家里了。崔国庆的哥哥五十岁上下，面相偏老，中等身材，体形偏瘦，比人高马大的崔国庆小了不只一两号，从兄弟俩的身材发育来看，哥哥从小对弟弟的照顾便一目了然了。

崔国庆的哥哥对我的态度就好多了，他一边比划一边描述着崔国庆死亡的情形。他说，国庆当晚喝多了酒后，上床就睡了，他媳妇见他喝多了，就带着两个孩子到院里另一间屋子里睡了。第二天一早，他媳妇过来看看崔国庆酒醒了没有，只见崔国庆脸冲下趴在床上，头从床头中间竖着的两道铁栅栏间伸出来，两条胳膊也从两旁的铁栅栏间伸出来，脖子死死地卡在床板的边缘上，人就这么卡死了。

我按照崔国庆的哥哥说的情形，仔细观察和分析着床头、床板和尸体的位置关系，渐渐地发现这里有问题：人趴在床上，头伸出床缘外，头在重力的作用下向下垂，这些都不错，可是身体一直在床上趴着，支撑上半身的着力点应该是胸脯，而不会是在脖子上，有胸脯垫着，脖子就能卡在床缘上吗？我也不敢十分肯定，能还是不能，就对崔国庆的哥哥说："我怎么想不出来崔国庆死时的样子，你能给我摆个姿势看看吗？"崔国庆的哥哥倒真是痛快，他一转身麻利地爬上床，肚脐眼儿向下地趴在床上，然后脸朝下，把头从床头中间竖着的两道铁栅栏间伸出来，胳膊从两旁的铁栅栏间伸出来，一边比划一边说，看看，就是这个样子。

看到崔国庆的哥哥卖力地模仿，我突然明白，这是不可能的。我伸手按在趴在床上的崔国庆的哥哥的后脑勺上，然后用力向下按，想看看这脖子究竟能不能卡到床板的边缘上，结果发现，头从床头两道栅栏间伸出来后，伸到一定程度就伸不出来了，因为肩膀的宽度要比两道铁栅栏间的距离宽，肩膀会被栏杆卡住，头就不能再向前伸了，此时脖子基本不会碰到床板上，更不会卡在床板边缘上，因为就算崔国庆的脖子长，再向前伸，整个脖子全伸到床外来，脖子的根部，或者说就是胸部的上部，俗称锁骨窝的地方就会搁到床板边缘上，支撑住上半身，根本卡不到脖子，脖子完全不会受到外力的压迫。虽然看出了破绽，但是我不动声色，嘴里一个劲儿地说："哦，这下子我明白了。"

我谢了谢崔国庆的哥哥，毕竟人家辛苦演示了一番。我请照相技术员把整个小院、几间屋子和崔国庆夫妻屋子里面仅有的几件家具和物品都拍了下来，还煞有介事地提走了桌上的空酒瓶子回去检验。酒瓶子装酒，检验出酒精没有任何意义，这是崔家的酒瓶，瓶子上检验出崔家人的指纹来也都属正常，主要是检验有没有其他能致人死或是致人昏的药物。

崔国庆的媳妇在一边看着，也没有再说什么。临走时，我看见两个脏兮兮的小男孩，头上缠着白布条，身上裹着白粗布，探头探脑地进来看热闹，大一点的有六七岁，小的也就四五岁。我问崔国庆的媳妇："这俩是你们的孩子？"她说："是的。"我想农村里最讲究传宗接代了，崔国庆有这么欢蹦乱跳的两个儿子，别提让乡亲们多羡慕了。

从崔国庆的家里出来，我更加坚定了崔国庆被杀的判断。除了在他家中发现的疑点以外，给我印象最深的是，这一家人一点也没有亲人去世后的那种悲痛欲绝。他们叙说崔国庆的死就像是在说一件与自己无关的事情一样，描述死亡的过程就像是在闲谈别人家的事，冷静顺畅，耐心细致，层次分明，条理清楚，还亲自示范，生怕我听不明白。

我到海淀分局对治安科的主办民警说："这个案子肯定是个凶杀，你们得移交给刑侦支队办了。"按照分工，自杀、意外、病死这类非正常死亡属于治安科办案范围，凶杀案件就要归刑侦支队办了。治安科多一事不如少一事，乐得移交。

侦破陷僵局

人命关天，刻不容缓，我立即赶回单位，把尸检和现场情况以及我的看法向法医室几位领导作了汇报，他们一致同意我的判断，把这个研究结果正式通知了海淀分局。随后我立即把取回的检材和酒瓶子送到了毒物化验室，重要脏器的检材用福尔马林固定好，虽说死因已经明确，也要准备以后切片用。

我把取回的舌骨上的软组织仔细剔除，再用水煮了半个小时，把上面的筋膜彻底撕去，左侧舌骨大角骨折清晰地呈现在面前：断端附近骨质内颜色发黑，表明崔国庆是生前血液循环正常时发生的骨折，骨折时断端出血，血液渗透到骨质里面显出的黑色，舌骨在颈部的前上方，前面有下颌骨的保护，位置隐蔽，这个骨折只能是外力压迫颈部造成的，自己无法形成。有了这个证据，掐死的结论就更加确凿无疑了。

第二天，海淀分局刑侦支队来研究这个案子，法医室主任为我这个"菜鸟"撑腰也参加了。看我是个新手，刑侦支队长还故意问我们主任："定得准吗？"主任的回答很干脆："准不准破案看！"

一般来说，农村里的这类案子并不难破，一是引起案件的原因比较简单、明显，不外乎是为钱，要不就是为了色，或是派活儿、记分、分配耕地、划分宅基地之类的利益冲突，特别要留意的是，有的农村人特别能忍，可特别能记仇，闹一次矛盾当时表面上看过去了，其实能在心里憋屈好多年，平时外人察觉不到，突然爆发生事儿。二是农村里的人员和环境相对封闭，基本上本村人作案的可能性大，因为本村人之间的各种纠纷多，除了盗窃，外来人作案的可能性不大。三是一个小村子里，乡里乡亲的都是多少代的老邻居，知根知底，还有些是亲戚套亲戚，盘根错节，一代看着一代长大，各家的情况彼此都了解，有点什么秘密也瞒不过去，有时候一张嘴就是几代人的故事，容易发现异常情况，像崔家老二不喝酒就是这么来的。会上大家的意见很快就统一了。

转天，海淀分局刑侦支队的侦查员就进驻了温泉乡。他们在村子里先找了许多乡亲了解情况，当然也找了崔国庆的哥哥和媳妇，但是几天过去，并没有发现任何让人兴奋的线索，一时侦破工作陷入僵局。

不过技术科这边儿一直也没有闲着。几天过去，崔国庆的毒物化验结果出来了，只检验出极少量酒精，这进一步证明崔国庆根本不是喝酒喝多了死的，反倒是检出了常用的安眠药，安定。血中的含量介乎于治疗量与致死量之间，也就是说正常治疗用不了这么大的量，但要想服安眠药自杀，这个量又显然不够。唯一的解释就是这样剂量的安眠药足以让人陷入昏睡，因为对一般人来说，体壮如牛的崔国庆也是不好惹的，要是真打起来，弄不好反而被他给收拾了。

我立即把这个新情况向法医室主任作了汇报，又奉命向分管技术科的副处长汇报。副处长要亲自抓这个案子。领导重视，工作就好开展了。

虽说怀疑日增，但是村子里的侦查工作仍然没有什么突出的进展，已经过了两个星期了，刑侦支队悄悄地增派了人手。

侦查破案就是这样，侦查方向对了，线索就会越来越多，线索相互间勾搭连环，互为补充，彼此验证，开始解释不了的现象到后面就全部有了答案；侦查方向不对，线索就会越来越少，各种情况相互矛盾，彼此脱节，越深究越靠不住。

在这种时刻最容易受怀疑的就是技术人员，定得准不准的问题又被重新提出来。保险起见，我赶紧先自我检查一番，看有没有疏漏和出错的地方，每一个环节都认真梳理一遍，这些发现和异常应该全部都指向了凶杀。

我突然想起，如果崔国庆的哥哥介绍时，不是说崔国庆趴在床上，头从床头中间竖着的两道铁栅栏间伸出来，脖子卡在床板边缘上，而是说崔国庆半跪在床上，头从床头栅栏横梁上方伸到床外，脸朝向地面，上半身悬空，脖子就正好搁在了床头横梁上面了。如果是这样，那就有可能是意外死亡，因为这个姿势脖子正好成为一个支点，支在床头横梁上，脖子肯定就要受力、被压，而且这种情况自己完全能够形成，人喝醉酒了，睡觉时在床上胡乱折腾，爬起来又摔下去，摇摇晃晃地什么可能都会发生，脖子就有可能搁在床头上，受力卡住了。

想到这里，我不由得惊出一身冷汗，心中连忙安慰自己，不要自己吓唬自己，幸亏崔国庆的哥哥的假话没有编圆，否则这个案子还真难了。后来案子办得多了，我摸出了窍门，就是分析案情时要把自己放进去，把自己设想成一个作案人，顺着作案的思路去思考，去设计行动，要反复回答一个自己问自己的问题："如果我作这个案子该怎样办",常常能收到事半功倍的效果。

这些都是我的胡思乱想,没敢告诉别人,其实老法医在我出道的第一天就教导我们如何对待定得准和定不准的事,能少说就少说,甚至干脆不说。有时说多了反而会干扰了侦查员的思路,给人家一个先入为主的框框。虽说案件破获前的一切分析都只能是推测和判断,不能完全信以为真,但是任何人的思维都是奔着容易的地方去的,技术人员给了提示,在没有其他线索的时候,侦查员的思路和工作起点自然会朝着这个方向走,"树上有枣没枣,先搂一竿子"就是这个意思。

隔行如隔山,我始终对侦查充满了好奇,我认为,侦查思维与技术思维在许多地方上是不一样的,有的甚至是完全相反的。技术讲究缜密,讲究丝丝入扣,追求事事都要有可靠证据的相互支持,更加讲究细节和微观。侦查讲究直觉,有时不一定都要靠可靠证据的相互支持,更加讲究整体和宏观,有时需要粗线条,中间有几处脱节和空白也行,先凭借直觉给出个大的方向。一个有经验的侦查人员的这种直觉是经过无数案件的千锤百炼才形成的,听了几分情况就能有个大概的判断,于无意处出奇兵,这是让我特别敬佩的。

不管怎么说,案子仍在僵着。

真凶终落网

又过去了两个星期,案件仍然没有进展。这时刑侦处来了通知,按照市局党委的统一部署,全局进行整党整风,全体党员要集中脱产学习两周。绝大多数公安民警都是党员,于是侦查员们全部都撤回了分局。

侦查员们大张旗鼓地走了,村里的老乡们以为崔家老二死的事可疑归可疑,但没有发现什么也就是这样了。没有人再有兴趣议论这个事了,村子里一切又恢复了平静。

这时，出人意料的奇怪事出现了，最先出来走东家串西家到处打探的竟是崔国庆的哥哥和媳妇，他们频繁地分别去找曾被警察找过的人，打听警察都问了些什么，乡亲们又是怎么对警察说的。他们是被害人的家属，对破案的急迫心情是任何人都能理解的，但是如果他们要想知道案件侦破的进展，完全可以大大方方地直接来找侦查员们问，我们曾见过被害人的家属，恨不能一天一问，几天来一次侦查队，有事没事转一圈，打探消息。可是崔国庆的哥哥和媳妇并没有来过。这一切都被侦查员预先留下的眼线看在眼里。

　　两周后，侦查员再次来到温泉乡。这回可就不同了，一进村，他们直接把崔国庆的哥哥和媳妇分别叫到大队部，二话不说，一见面直接给两人戴上手铐，只问一句："说，崔国庆是怎么死的?!"土生土长的农民哪里见过这般阵势，立即吓得面如土色，手脚发软，大汗淋漓，分别交代了他们沆瀣一气、合谋杀死崔国庆的全过程。

　　原来，外表结实健壮的崔国庆却没有生育能力，结婚几年下来，一直没有生下个一男半女。中国人讲究"不孝有三，无后为大"，农村里没有子嗣被人骂作"绝户"，做人都抬不起头。无奈之下，崔国庆的媳妇便与崔国庆的哥哥私通。一前一后，顺利地生下两个儿子。崔国庆却一直被蒙在鼓里。

　　眼看着两个儿子一天天长大，崔家老大和崔国庆媳妇的心里可就起了变化；如果没有崔国庆，俩人结为夫妻正儿八经地过日子，这一家人圆圆满满地该多好。于是便萌发了除掉崔国庆的邪念。可怎么下手呢？崔国庆的块头大，他们俩合起来也弄不过他，经过一番密谋策划，他们终于想出了办法。

　　夏忙的季节，崔家老大先跑到外村的药店买回三十片安定，交给崔国庆的媳妇用擀面杖碾成面儿放进饺子馅中，用这种馅包了三十个躺着的饺子。孩子们抢着要吃，崔国庆的媳妇说："不能吃，爸爸干活累，先给爸爸吃。"这样三十个带安定的饺子全部进了崔国庆的肚子。崔国庆的媳妇还准备了几样小菜，劝崔国庆喝点酒，说是干活太累了，要补补身子。平时并不喝酒的崔国庆，这天看着热情有加的媳妇也稍微地喝了几小口。一会儿，药劲儿和着酒劲儿上来了，崔国庆感到有些头晕、无力，以为是自己不胜酒力，便早早地上床睡了。

半夜，媳妇按照约定悄悄地将已等在门外的崔老大放了进来，哥哥一跃便骑在了崔国庆的身上，双手死死掐住崔国庆的脖子，昏睡中的崔国庆下意识地挣扎着，他的媳妇见状也冲了上来，使尽全身力气，拼死命地压住他的双腿。他们心里十分清楚，开弓没有回头箭，绝对不能松手。不一会儿，崔国庆就不再挣扎了，浑身瘫软，咽了气。俩人把崔国庆的尸体翻了过来，伪装成头从床头栅栏伸出来，脖子卡在了床板边缘上的模样。

案子查清了，案犯也到案了，"单飞"命案好歹没有"砸"，一切都要结束了。几天后，海淀刑侦支队传来消息说，据案犯供述，先给崔国庆服了磷化锌，要我们拿出检出磷化锌的结论。磷化锌是农村里普遍使用的一种灭鼠药，不溶于水，是靠升华出磷化锌气体杀死老鼠的，所以口服磷化锌中毒死亡的，解剖时常见到在胃壁上粘着灰黑色，有金属光泽的磷化锌颗粒。

可是我清楚记得，胃壁上光溜溜的什么都没有。对于农村的案子，我们特别注意检查鼠药，如果要有，颜色反差那么明显，一定会发现的。我把解剖带回的胃壁组织又重新检查一遍，还是没有发现磷化锌颗粒，又重新填写了单子，请毒物化验室的老师再帮着检查一遍，结果还是没有。

我把这个情况如实通知给海淀分局刑侦支队，可是侦查员说："案犯已招供，你们检验不出来，实在是你们不行。"他们不说"经过检验没有发现"，而是说"检验不出来"，这对我们技术人员真是一种伤害。没有办法，我只得一遍又一遍地给人家解释我们是怎样做的。结果，有人告了状，主管技术科的副处长跑来对我说："小左，还是要配合人家做进一步检验，你们年轻人大学刚毕业，还是要注意谦虚。"我一听这话，顿时没了底气。

不依不饶的侦查员要把案子的检材送到公安部去检验，说实话，这也挺伤人的，因为只有不信任你，才会提出把检材送到别的地方检验，很伤我们技术人员的自尊。我一个"菜鸟"，也没有别的办法，不过我还是留了一个心眼，就是让人家只拿走一半，我们还留下一半，一旦发现什么问题还能有个验证的机会。

几天过去了，公安部那边的结果还没有出来，刑侦支队倒是先来了话，说案犯改口了，没有放磷化锌，只放了安定。原来崔国庆的哥哥和媳妇被抓获后，慌乱当中也记不清放的是什么毒药了，俩人都想急于立功，都想把责任推到另一方身上，"多供"、"抢供"、"乱供"就都来了。

我想他们绝对不会无缘无故地说出磷化锌，很有可能是他们密谋时曾经想过用磷化锌投毒，后来发现那东西颜色明显，又不溶于水，口感硬得像煤渣似的，不好往食物里掺，就改用了安眠药。现在一紧张也记不清哪个是真干了的。这些事我只在心里想想，当了个经验。我下楼把这个消息汇报给主管副处长，副处长厉声说道："这就是教训，为什么总是跟着口供走？"我心中暗暗庆幸，这事总算过去了。

从我的"单飞"命案到现在已经过去二十多年了，但我一直记忆犹新，因为这个命案太不一般了。

这个案子看起来简单，可细想起来，两个相依为命的亲兄弟，最后疼爱弟弟大半辈子的哥哥居然亲手掐死了自己的一奶同胞，如此强烈的反差和骤变，竟是为了追求一个完整的正常的家庭生活。动物世界中的故事也能在人类世界中上演。合法的夫妻关系下没有孩子，而大伯子和弟妹却演绎出了一个完整的家庭，原本的生活平衡被打破，兄弟、夫妻的错位如何绕过去呢？设想如果兄弟俩把这层窗户纸捅破了，甚至在哥哥和弟媳还没有发生什么之前就挑明了，那也不至于走上痛下毒手的不归路。有时亲情掩盖下的欲望实施起来更加凶残和恐怖。

当然，这个家庭悲剧中最可怜的当数两个不谙人事的孩子。想想现在这两个孩子也都已经长大成人了，不知他们会怎样看待当年所发生的一切。

空难人寰

陈忠实写的《白鹿原》就是这个地方；他老人家笔下这个人杰地灵的地方，刚刚发生了中国历史上迄今为止死亡人数最多的空中惨案。

无一幸免

1994 年 6 月 6 日是个星期一，是我到部里正常上班的第一天——上月底我率领一个技术专家组去西安市兴平县调查一起特大爆炸案，3 日晚上才回来。刚向领导汇报完兴平爆炸案件的技术工作和侦破进展，公安部总值班室就来了紧急通知：中国西北航空公司一架客机在西安市长安县失事坠毁，命令刑事侦查局迅速组织相关技术专家前往出事现场，参与现场勘查、尸体检验和事故原因调查工作。

专机傍晚在西安机场降落，正逢天降大雨，当地警方朋友们接机见到我就是一句："让您不要走，在西安过个周末今天直接干活儿，还省得来回飞呢。"

从北京来的各路人马冒着大雨驶向出事现场，到了现场后大家站在雨中听现场指挥部的简单情况介绍：失事飞机是中国西北航空公司的苏制 TU154B–2610 号客机，当日正在执行西安到广州的 WH2303 航班飞行任务，8 时 12 分由西安咸阳机场起飞，3 分钟后机组呼叫地面指挥塔台："机身抖动，要求立即返航"，塔台当即同意并迅速指挥机场各方面作好应急返航准备，7 分钟后飞机与地面失去联系，坠毁在陕西省西安市长安县鸣犊镇境内，机上 146 名乘客、14 名机组人员全部罹难。

按照国务院领导的指示，立即成立了由劳动部牵头的事故调查组，下设公安、飞行、航行、运输、适航和总体结论六个专家工作小组。我们先期到达现场的公安组已展开现场搜索、勘查、警卫、疏导、急救和防疫工作。

空难现场的处置中，弄清楚机上人数、机上遇难人数、幸存人数、地面伤亡人数是最重要的，现已明确机上人员无一幸免，一定要逐一找到每位遇难人员遗体才行，绝不能有遗漏。我立即召集痕迹、法医、照相、录像技术人员，抓紧寻找遇难者尸体，记录现场情况。现场空气弥漫着浓重的油味，所以我特别强调：由于下雨，空气湿度大，风力小，失事飞机里的油挥发得很慢，现场一定要禁止吸烟。那个时候国内刚有手机，有的人也不多，为防万一，我反复强调：有手机的全都关机。还说，谁的皮鞋底上打了铁掌就要换鞋，以免踩到石头上擦出火星造成危险。然后我们把现场划分区域，大家按照专业分工，分头工作。

残骸说话

"6·6"空难事故现场位于西安市城南 30 公里的长安县鸣犊镇东北、咀头村西北，东临白鹿塬，西靠少陵塬，在浐河与库峪河交汇的地方，周围没有高大建筑。

我环顾四周，仔细看看什么是塬——黄土高原原先是高高的平平的高台状高原，经过千万年雨水冲刷形成的许多沟壑相互交错，现在看是顶上平坦，四周陡峭的高台状山貌。陕西的同事不无得意地告诉我，陈忠实写的《白鹿原》就是这个地方；他老人家笔下的这个人杰地灵的地方，刚刚发生了中国历史上迄今为止死亡人数最多的空中惨案。

飞机失事坠落后没有着火，数千块飞机残骸主要分为机头驾驶舱、机身中后段（带发动机部分）、左机翼、右机翼、尾翼、方向舵六大部分；160具尸体及其他行李物品胡乱地散落在东皋村以东、二圣宫村以西，东皋堡以南到咀头村西北的东西长约5公里，南北宽约3公里的广阔区域内。分布范围这么大正是飞机空中解体的重要特征。

当时公安机关还没有配备地面卫星定位系统（GPS），只得借用西安测绘大队的定位仪器，可是他们的仪器精度也不高，相差几十米甚至上百米也不足为奇——我们肉眼看着残骸明明是掉在河的这边，用GPS定出位来，再标到地图上就跑到河的那边去了。

为了获得空难现场的完整图像，我和民航总局的照相录像专家老杨一道，背着沉重的器材，爬上高高的塬，鸟瞰现场全貌。老杨是我的老朋友，我们原来同在北京市公安局工作，他在海淀分局当技术员，我在市局刑侦处当法医，后来他调到民航公安局。1992年处理南京空难时我们就在一起工作，他非常敬业，经验丰富。只见他穿着一件摄影马甲，前后兜里塞满了重重的电池；对于照相录像专业来说，在这种荒郊野外工作，最重要的就是电池，爬山的辛苦可想而知了。

我们的勘查工作是从装有发动机的机身中后段开始的。这块巨大的残骸落在了两河交汇夹角的一个鱼塘右侧8米的地方，机身倾覆，机腹向上；距离这块残骸200米的麦田里，散落着机头驾驶舱部分的残骸。

我看到机头残骸时感到十分诧异。一是机头残骸掉在了一块刚刚被收割过的麦田里，也就是说残骸没有污染粮食——后来我按照这个思路观察现场，发现失事飞机各个部分的残骸都掉落在了收割过的麦田里。二是这块巨大残骸距离最近的民房仅有六七十米；如果这块机头残骸继续向前冲，撞到村民住宅上肯定会造成房倒屋塌，导致地面人员二次伤亡，而对于失事的飞机来说，六七十米又算得了什么呢。我不知道这是驾驶员最后一刻做出的决断，还是拜上天所赐，非人为所致。一般情况下，飞机失事时处于高速和失控状态，驾驶员已无法按照自己的想法控制飞机，更无法控制残骸坠落的方向和地点，但我宁愿相信这是驾驶员最后的壮举。

驾驶舱损坏极为严重，现场抢救人员已将驾驶舱挡风玻璃以上部分全部切割开来，舱内多数仪表、开关、手柄严重扭曲变形，大部分仪表上的原始读数和各种开关、手柄的位置都很难辨认，只有小部分可以辨认失事时的原始状态和数据。我们从这块机头残骸中发现了六具尸体，全部是机组人员，从制服上看，一种是飞机驾驶人员、领航员和机械师，另一种是空姐，因为飞机正在起飞，安全起见，空姐也要在靠飞机前端坐下。

带起落架的左机翼残骸坠落在距离机头残骸 120 米的河床内，翼尖部分从上向下折断，看了这块残骸我才明白，巨大的飞机机翼是通过机翼根部的一排一个挨一个的螺栓（也可能是铆钉）连接在飞机身上的，机身装载重量，机翼产生升力，原来升力就是通过这些螺栓（或铆钉）托起飞机，在空中飞翔，现在这些螺栓（或铆钉）全部从上往下地被撕开了。

距离左机翼 500 米的麦田里散落着垂直尾翼的残骸，尾翼与机身连接处的龙骨架扭曲断裂，断端规则，飞机蒙皮断离的边缘向左卷曲，尾翼上的水平升降舵和活动翼向上翻起，距它 800 米有破碎断离的方向舵一块，在更远的 1500 米处是另一块方向舵的残片。

右侧机翼从中间断开，翼尖的一块落在距离尾翼 570 米的水塘里，翼根的一块落在浐河东岸，距发动机 580 米的地方，两块残骸都从下向上方断裂，翼根的连接飞机机身的螺栓（或铆钉）显现从上往下地被折断分离。

小时候看书我总不相信飞机翅膀里面是空的——能把燃油装在里面，整个翅膀装满油得多重呀？个头这么巨大，形状这么复杂的翅膀难免有个小缝什么的，油会不会漏出来呢？这次看清楚了，飞机机翼里面是干干净净的，被漆成了奶油黄色，支撑条带把机翼里的空间隔成一个个的格子，油已经漏掉或是挥发了，这么干净的地方还真应该是装燃油的。

我们对六大部分飞机残骸进行了反复观察检验，这些残骸上除了飞机残骸接触地面时撞击变形的损坏痕迹外，各主要部件的断缘和其他各小件残片的断面都比较规整，折断痕迹明显，所显现出折断、拉断、撕裂、扭曲等痕迹特征十分典型，表面观察没有发现弹击、爆炸和燃烧等异常痕迹，这些断离部位上也没有发现爆炸所形成的烟晕和炸药残渣痕迹。

按照常规，我们提取了断离部位和客舱内壁上的附着物质，送到陕西省公安厅和西安市公安局进行物理化学分析，没有检出有机炸药和无机炸药的残留成分。这些痕迹特征检验和化学分析结果表明，TU154B–2610 号飞机是空中解体坠落，可排除炸药爆炸的可能。

送别冤魂

遇难者遗体散落在出事现场的稻田、麦田、果园、荒地、河滩上，现场弥漫着浓烈的血腥气味。遇难者尸体血肉模糊，支离破碎，有的遗体仍困在飞机残骸中，特别是坐在飞机前部的乘客。当飞机撞击地面时，犹如刹车时的惯性，飞机里所有的座椅都会从地板上拔起，向前冲去，前面的乘客也就被叠压的座椅压死在里面了。有的是飞机出事后，即将坠落到地面时被甩出客舱的，这些尸体损毁不太严重，损毁严重的多是在空中解体时就被甩出的，从半空中直接坠落的遇难者，身上的衣服已经被高空的气流剥脱，有几位乘客直接摔在了地面的水泥预制板上，粉身碎骨。有位空姐直挺挺地插进水田里，我们几个人费了好大的劲儿才把她拔了出来。

据最先到达现场的抢救人员说，他们曾发现一名幸存者，当时已经失去了知觉，但还有微弱的脉搏，几分钟之后心脏就永远地停止了跳动。

　　法医平时比较多见的高空坠落是跳楼，同样是高空坠落，从几千米高空掉落下来的空难尸体的损毁程度，反而没有从十几层或几十层楼坠落致死者尸体上的损毁来得严重，这是因为人从几千米高空坠落时，由于有上升气流的托顶，人在空中会随着气流飘浮一段时间，而不是按照重力加速度直接地向下坠落；上升气流大时，甚至还会向上飘浮，当飘落到一定高度后，气流托不住了，才开始加速向下掉——这个过程并不像跳伞那么洒脱和飘逸，因为遇难者被高速甩出飞机的瞬间，一般就死亡了，即使没死，加上高空缺氧也早已失去了知觉。一般的高楼也就是几十米，最多也不过百十来米，从高楼上跳下，没有上升气流的托顶，人直接就朝地面砸下去，尸体的损毁就特别严重。

　　突然间出现的大量罹难者尸体，大部分被运到西安市殡仪馆；殡仪馆临时腾出一个大厅，供停放尸体和检验用。虽说是大厅，但是相对于这么多尸体也显得不够大，只得把尸体摞起来，整整摞了三层。正值6月，气温高，地方小，人多，灯多，又比较密闭，我赶紧请市局协调，紧急调运来了大冰块，再摆上了多台电扇一个劲儿地猛吹，降温。

　　空难的尸检工作重点要解决两个问题，一是死亡原因，确定是因空难死亡的，排除人为破坏飞机造成灾难的可能。二是采集个体识别的重要人体特征和物品特征，确认遇难者的身份，最终由家属认领尸体。第一个问题比较好办，第二个就比较繁杂了。

　　指挥部迅速调集全西安市11家医疗机构中从事病理学检验的医务人员，会同陕西省公安厅和西安市公安局的法医一同进行尸体检验和个体识别工作。我们意识到可能有外籍人员和港澳台人士在空难中遇难，外籍人员通常碧眼金发，一眼能认出，港澳台人士从长相上就不易区分了。在检查到一位中年男子的时候，我从他裤子口袋中摸出了他的回乡证，从而认定了他的身份，后来确认只有一位台湾籍男士遇难，我们也就放心了。

记得一次抬上来一位皮肤白皙，一头金发的外籍小女孩，看样子也就七八岁，闭着眼睛，非常安详，像睡着了似的。等我掀开孩子的头皮，一侧颅骨上相当于太阳穴的位置有一个拳头大小的洞。孩子总是对乘坐飞机充满好奇，他们特别喜欢通过舷窗看外面的景象，这个损伤应该就是孩子正在向外看的时候，由于飞机剧烈摇摆或颠簸，孩子的头重重地撞到飞机内壁上，形成颅骨上巨大的孔状骨折，颅骨和脑组织遭受到剧烈的不止一次的撞击，形成严重的颅脑损伤，这个孩子应该在飞机坠落失事前就已经死亡了。

我们边检验遗体，边推断和再现一幕幕悲剧。

检验发现，160 名遇难者中头部损伤是最多见的，共有 144 人头部有伤，123 人四肢有伤，118 人胸部有伤，56 人腹部有伤，还有 3 人躯干横断，尸体完全毁损。罹难者的损伤分布广泛，多是复合损伤，就是说同一具尸体的头部、胸部、腹部和四肢等几处都有损伤。损伤类型多样，主要是全颅崩裂、颅骨开放性骨折、脑组织外溢、闭合性颅脑损伤、多发性肋骨骨折、胸腹壁破裂、内脏外溢、多发性肢体骨折等，这些损伤表明死者生前曾遭受巨大外力作用，人体受力面积大，受力部位多，具有高坠、冲撞形成的典型的多脏器联合损伤特征。任何一具尸体上都没有发现爆炸伤、火药烧灼伤、火药及烟尘附着物，也没有发现枪弹伤、刀斧类凶器形成的砍创以及人为形成的刺创、切创，因此排除了飞机上有人伤害乘客或是机上人员间发生搏斗的可能。

深究细查

虽然我主要负责技术工作，但是作为公安部派来的代表，也参与了一些调查工作。

公安组还有一项重要任务是对安检和航空护卫人员的调查。我们派出专门力量，对负责地面安全保障的 67 名工作人员进行调查，发现飞机在地面停放警卫监护期间，没有任何无关人员接近飞机，更没有无关人员登上飞机的。也没有发现未佩戴通行证的人进入停机坪，接近飞机的。安检中也没有发现枪支弹药、管制刀具和其他易燃易爆危险品，总之没有发现任何可疑的情况。

对地面负责运输工作的 57 名工作人员进行调查，客运、货运各部门没有异常情况，机场服务处在核对登机人员时，没有发现外来人员或其他旅客登上这架飞机，机务人员在起飞前与警卫人员按程序进行了交接，其他如机上配餐员、加水员、加油员、机上供应员、清洁队等地面服务人员中都没有发现问题。总之，以上涉及 7 个单位 15 个部门的 124 人中都没有发现任何危害飞机安全飞行的迹象、人员和线索。

我和民航总局，还有西安市公安局的侦查人员一同开展现场调查走访。我们走村串寨，直接到现场周围咀头村、东皋堡、东皋村的 22 名目击者家中调查访问了解情况。老乡们七嘴八舌地说，当天早上 8 点多钟，听到空中"咔嚓咔嚓"一阵声响，赶紧跑出屋去一看，先是飞机尾巴然后是飞机身子断开掉了下来，还看到许多人和物品一同掉在了浐河周围。有的村民推测说，飞机在大概 1000 米高的地方破碎掉下来的，机身落在了东皋村、东皋堡、咀头村、二圣宫村的农田、果园、鱼塘和河滩上，哪里都是。还有的说看见飞机在空中断开，掉在鱼塘里后冒出白色烟雾，后来烟就散了。

真是看热闹的不怕事大，老乡们越说越兴奋，无意中说出飞机摔到地上后，他们曾到现场捡过东西。有的老乡在自家门口拾到了许多随风飘来的百元大钞，纸币残缺不全，破损严重，几乎没有一张完整的，也不知道还能不能用。我们请他们把捡到的钱拿来看看，他们不愿意拿，我们就说，这些钱不能再花了，一拿出来花就会被政府发现的。他们虽然将信将疑，但还是不想拿出来。民航公安局的老杨见状说：你们给我一张五十元的，我就给你们一百元的，你们给我一百元的，我就给你们两百元。老乡们立即把几张现场捡到的破损的钱拿了出来。人民币的纸质非常结实，但是我们惊讶地发现，这些钱已经被撕烂了，破损边缘犬牙交错，绝非人力能撕成的，也不是利器切割、剪铰形成的，可见高空气流的力量是多么巨大。从老乡手里买到了飞机失事的证据，而且是极为特殊和难得的证据，我们满载而归。

我的任务基本完成，就又用了点时间了解其他各小组的工作，长点学问和见识。黑匣子很快就找到了，分别送往成都和乌鲁木齐进行解读。飞行调查小组主要负责对黑匣子进行调查，首先对舱音记录器中的录音进行辨听，从中了解事故过程和原因线索，还负责核实飞行人员的技术档案、飞行简历、技术能力和培训情况，以及他们的身体情况。他们还通过解读黑匣子中飞行数据记录器中的数据，绘制了飞机航迹图和数据曲线图，从技术角度重现了事故过程。

航行调查小组主要负责调查航空管制人员在指挥飞机起飞过程中有无异常现象，起飞时气象条件是否适宜飞行，通信是否畅通清晰，导航是否正确，设备工作是否正常，雷达是否正常开机，图像显示是否正常。起飞前有一个程序是签派，是指当日起飞、降落、备降机场和航路天气都适合航行，飞机油量正常时，机组人员要到签派室填写飞行放行单，调查发现整个过程均无异常。

运输调查小组主要负责调查失事飞机是否超载，飞行和飞机载重是否符合平衡要求，经过取证、调查、复核、计算，失事飞机合计装载重量为 13959 公斤，低于飞机最大载重量 15321 公斤；起飞重量为 89038 公斤，低于飞机最大起飞重量 100000 公斤。飞机重心平衡符合飞机操纵的配载平衡要求。

适航调查小组主要负责调查失事飞机和发动机的生产历史，维修和保养状况，有无适航证及是否在有效期内，飞机残骸分布和机体断离损坏情况，解读和分析残骸中各种仪表的读数、开关、手柄的位置、燃油和滑油化验分析。这些个环节中发现了一些问题。

这次事故调查中特意邀请了两位飞行员参加，我想，可能是请他们从操控飞机的专业角度，分析飞行员的判断和处置是否正确、及时，最大限度地维护失事飞机飞行员的权益的同时，一旦认定是飞行员的责任，也要澄清事实，厘清责任。

TU154B 客机是苏联设计制造的，几名俄罗斯专家也来到西安参与事故原因的调查，我看见其中的一位穿着一件 T 恤，胸前画着一只展翅高飞的雄鹰，一看就知道是与飞行打了一辈子交道，将飞行视为生命的人。

夺命时刻

随着各方事故调查的深入，失事的全过程逐渐清晰起来。

6 月 6 日 7 时，西安咸阳机场上空风速每秒 3 米，能见度 1400 米，云层高度 60 米到 300 米，下着小雨，有轻雾，地面温度 17℃。TU154B-2610 号客机配备了双机组，飞行员 5 人，乘务组 9 人。机长到签派室填写飞行放行单。

7 时 20 分，机长在驾驶舱右座，副驾驶在左座就坐，领航员和机械员在各自座位上就位，按照飞行检查单分开车前、开车后、滑行中和起飞前四阶段对飞机进行安全检查。

8 时整，风速每秒 3 米，能见度 1500 米，仍下小雨，有轻雾。塔台值班员通知飞机使用 05 号跑道。

8 时 13 分 40 秒，飞机开始滑跑起飞，途中滑行方向上出现大约 5 度的偏移，飞行员蹬了一脚方向舵纠正过来。飞机继续滑跑提速，达到离地速度，抬前轮离地。飞机离地后，收起起落架，起飞过程未发出情况异常的报告。舱音记录器的录音中能听到不很清晰的"抬轮"口令，但是参加调查的两位飞行员始终坚持说，听不清这个口令。我清楚，在事故原因没有弄清楚之前，他们想竭力也略带盲目地护着飞行员。塔台按照正常程序向飞机通报起飞时间和进入航线的爬升和转向方法，飞机未予回答。此后，塔台两次呼叫，飞机均未回答。

14分04秒，飞行员向塔台报告：飞机发生飘摆。舱音记录器里传出明显的"呼呼"的响声。所谓飘摆，就是飞机在空中发生左右侧滑和左右倾斜，就像一片树叶在空中随风大幅度飘动飞舞的样子。飞行员用操纵杆操纵飞机，以正常马力保持每小时400公里的速度缓慢上升，尽量争取高度，但是飞行姿态仍然保持不住。为保持通信通畅，塔台立即指挥其空域内的全部四架飞机与区域空中管制进行联络，同时向空军通报2610号飞机发生的异常情况，暂停放飞其他飞机，开放空域协助搜索，通知周围备降机场做好备降准备。

14分10秒，飞机的方向舵和副机翼的舵机操控杆发生来回的振荡摆动，一个摆动周期是6秒，与飞机左右飘摆的周期一致。飞行员手工操纵副翼和方向舵进行修正，但仍稳定不下来。

16分24秒，飞行员报告：飞机以20度坡度来回飘摆，幅度越来越大。舱音记录器里的飞机异常声音也越来越大。

16分43秒，机组断开控制飞机飞行方向的三个舵机电门，接通自动驾驶仪试图稳定飞机姿态，仍不能稳住飞机，5秒钟后随即断开。据说这个操作是停在地面的另一架TU154B飞机上的飞行员听到2610号飞机与塔台的通话后，主动建议2610号飞机先关闭三个舵机电门，然后再逐个地开启，从而检验出是哪个舵机出了问题，机组试了一下，效果不好也就作罢。

16分58秒，飞行员报告：飞机飘摆继续加大，达到30度，机上多次出现"倾斜过大"的警报声。

17分06秒，飞行员报告：飘摆越来越严重，两个飞行员保持飞机都掌控不住。飞机自行偏离爬升航路，向右侧作不规则的转弯。

20分00秒，飞行员报告：飞机高度是3600米，塔台指示继续上升。

20分32秒，塔台通知航空公司领导和技术人员紧急赶到塔台参与处置。

20 分 53 秒，正驾驶换下了左座上的副驾驶，与机长共同操控飞机。舱音记录器中没有听到机组人员按照飞行手册中处理飞机飘摆程序的指令对话，机组要求地面给予帮助，地面也没有办法，此时驾驶舱内各种对话响成一片，机组已陷入慌乱之中。没有人知道处置飘摆和改出状态的程序和方法，因为机组人员从来没有接受过这类培训。

22 分 13 秒，飞行员报告：仪表显示飞行速度是每小时 400 公里。

22 分 27 秒，飞机出现自行抬头现象，仰角达到 20 度，高度是 4717 米，发动机工作正常，速度为每小时 372 公里。机上持续响起失速警报后，飞机突然向左翻滚并向下俯冲，俯冲速度不断加快，达到每小时 747 公里，超速警报大作。

22 分 30 秒，驾驶舱里机组人员大声呼叫："失速了。"

22 分 36 秒，飞机与塔台失去联络。

22 分 39 秒，飞机急速地下降，平均每秒下降 153 米，机身无法承受超速俯冲带来的巨大压力。

22 分 42 秒，飞机高度 2884 米，开始在空中解体，舱音记录器录下了飞机解体的"哐哐"两声巨响，紧接着是"啊"的一声，一位飞行员发出的预示着生命终止的凄惨绝望叫声，结束了舱音记录器上的所有声音，只剩下死一般的寂静。飞机解体，机舱内与机舱外的大气压力差消失，压力记录成为一条直线。随即飞行数据记录器停止记录，飞机坠毁在距咸阳机场 49 公里的地方，机上人员全部遇难。

魑魅毕现

失事原因调查在紧锣密鼓地进行中，排除了人为破坏的可能后，从事故发生的过程看，这应该是一起机械事故。

一天晚上，调查组例会后，我们照常回宾馆休息，突然来了一道密令，由调查组中检察、监察部门的领导牵头，抽调当地的检察、监察和公安人员配合，连夜到机场家属区抓捕相关涉案人员。一夜行动，无一失手。

抓人不是我们专家组的活儿，但是我明白，此次抓捕由检察、监察牵头，想必与职务犯罪有关，随着涉案人员的落网，失事原因也陆续浮出水面。

事情要追溯到6月初的头几天，2610号飞机出现故障，检查发现是减震交换平台有问题——这个平台就像我们日常生活中常见的插销板，许多插头插在上面，各种电讯号通过平台进行转接、交换。

6月4日早，执行飞行任务前更换了有问题的减震交换平台。晚上，飞机返航落地后，机组反映新更换的交换平台不好用。当晚由一名工段长带领两名无操作证人员再次更换了交换平台。维修人员把7号和8号插头相互对调插错，7号插头插进了8号插座，8号插头插进了7号插座。TU154B飞机的减震交换平台和自动驾驶仪系统的设计中没有防错措施，7号插座与8号插座相邻，外形尺寸相同，连接方式相同，插头里线数相同，只是用不同颜色的油漆在插头和对应的插座上各漆了一圈，相同颜色的插头和插座要一一对应插牢——这种方式要求用肉眼对颜色进行对应检查确认，极易出错；现代飞机设计中，通过各个插头和插座的形状、直径不同进行区分，从根本上杜绝了误插的可能。

当晚，维修人员只是把手伸进机舱里，逐一摸了摸插头和插座是否插牢，并未把头伸进机舱中查看插头和插座的颜色是否一一对应。更换完毕后，开通自动驾驶仪控制系统的故障搜索程序进行通电检查，但是由于飞机设计上的缺陷，内检和自检程序均无法检查出错插故障，反而显示正常，埋下了隐患。

6月5日全天，2610号飞机没有飞行任务，未起飞。

6月6日早上，起飞前机组人员安全检查时，发现自动驾驶仪控制系统有一次没有接通，地面仪表员再次通电检查后显示正常，机组人员再次通电检查，同样显示正常，错插没被检查出来，2610号飞机就带着7号和8号错插故障起飞。

飞机的自动驾驶仪中有两个陀螺，一个是倾斜陀螺，负责感受飞机左右倾斜和摇摆的变化，正常情况下，它产生的信号通过7号插头传送给飞机机翼上的副翼舵机，操纵副翼偏转，保持飞机稳定，防止飞机过度倾斜和摇摆。另一个是航向陀螺，负责感受飞机偏离航向的变化，它产生的信号通过8号插头传送给飞机尾翼上的方向舵，操纵方向舵偏转，保持正确航向，防止飞机偏航。

由于2610号飞机的7号插头和8号插头相互对调插错了，使得倾斜陀螺感觉到的倾斜变化信号传送给了尾翼上的方向舵，而航向陀螺感受到的偏航变化信号传送给了机翼上的副翼舵机，其危险后果可想而知。

此外，正常情况下，当飞行员下压驾驶盘时，副翼会随之运动，方向舵不响应不运动，错插情况下，副翼仍会正常运动，运动的方向也正确，但本不该动的方向舵由于接收到了原本只传给副翼的信号，也跟着偏转，使飞行姿态变化异常，飞行员感到莫名其妙，无法理解，更无法控制。

2610号飞机在起飞滑跑的后半程，飞行员发现飞机滑跑方向有些偏向，应该就是插错的结果，但飞行员并不知，蹬舵纠偏，正常情况下蹬舵只是方向舵转动，由于插错，造成飞机机翼上的副翼与方向舵联动，蹬舵时不仅方向舵转动，飞机副翼也发生偏转。副翼是飞机机翼边缘的一片或几片能活动的机翼，负责保持飞机稳定和不发生左右倾斜和摇摆。在空中时，副翼的偏转能通过飞机的倾斜和摇摆感觉到，但滑跑中的飞机仍"站"在地面上，由于有地面的支撑，飞机不会倾斜和摇摆，飞行员自然也就感觉不到。等到飞机离地后，没有了地面的支撑，活动异常的副翼很快就使飞机产生明显的飘摆。

随着飞行时间加长，飞机飘摆越来越大，最终在向左翻滚急剧坠落时，速度和压力都大大地超过飞机的强度极限，飞机开始空中解体。据说来自俄罗斯的专家们听了失事过程介绍后，到现场上径直找到减震交换平台，清开覆盖在上面的残骸碎片后，扑通一声跪倒在地，仰面朝天，顿时泪流满面。这个举动表明，他们不可能不知道他们设计制造的飞机上存在的致命缺陷，应该说他们对此次空难负有不可推卸的责任，相比之下，波音飞机上绝对不会出现两个相同的插头。

TU154B是苏联图波列夫设计局研制的三发动机中程客机，与美国的波音727、英国的三叉戟客机相当。1966年开始设计，1971年投入客运，2006年停产，共生产935架，大部分供给苏联以及俄罗斯民航使用，也有部分出口。它的安全记录比较差，服役以来一共有62架因各种原因失事，占全部飞机的7%。我国自1985年开始从苏联引进这款客机，2002年民航总局决定全面停飞这款客机。

我曾多次乘坐过TU154B飞机，我的感觉是这种飞机飞行速度快，飞行高度比波音高，就是飞机的噪音很大，客舱封闭不严，降落时飞机外云雾会像烟一样飘进来，飞机的内饰比较粗糙，而我们一般人看不到的致命缺陷却是酿成这起大祸的真凶之一。

毫无疑问，这是一起严重的责任事故，飞机设计缺陷、维修管理漏洞、机组培训不足，正像人们说的，若干个小的可以避免的错误叠加在一起，就形成了大的不可避免的错误，正是这两个小小插头的错插最终竟夺走了160条鲜活的生命。

事故调查结束了，亲眼目睹了空难的种种恐怖，大家的心情并不轻松，那时候还不懂得为我们这些一线人员作适度的心理辅导或减压，为了舒缓情绪，民航总局安排了最安全的飞机载着我们返回北京。登机后，总局领导为了表达他们的谢意，还让参与事故调查的每个单位派一人坐进头等舱。

没想在首都机场着陆时，飞机飘摆似的忽忽悠悠地下降，最后重重地砸向跑道；在地面的反作用力下，飞机又摇摆着反跳起来，再次砸了下去，接着又轻跳了一下。这么一折腾，满飞机的人都惊呼起来，我偷偷看了看那些身经百战的民航总局领导们，他们个个伸长了脖子，睁大了眼睛，惊恐地望着四周，大声责问："怎么回事？"我瞬间明白了：空难，对谁都一样。

大官之死(一)

中国的贪官不少，但是自杀的贪官并不多；此案的关键就是自杀还是他杀，在这个问题上一定要把证据搞扎实，办成经得住历史考验的铁案。

寻踪：离奇死亡

1995 年 4 月 5 日是清明节，在这个祭奠先人的庄重肃穆的日子里发生了一起震惊全国乃至全世界的重大事件。

当天下午 6 时，北京市公安局接到市委的电话，市委常委、副市长王宝森失去联系已将近二十四个小时，市委书记陈希同命令北京市公安局领导亲自带队，抽调精干刑侦民警和法医、痕迹和照相录像等专业技术人员，带上警犬，立即随王宝森的司机到怀柔山里寻找。

此时我正在公安部秦城监狱参加干部培训，刑事侦查局电话要我火速赶回。听完简单的情况介绍，我带上助手立即赶往北京市公安局，会同进山寻找王宝森的人员一道前往怀柔。

当晚 8 时，市局刑侦处长王军率队出发。王宝森的司机是怀柔人，他没有费太大力气就把我们带到昨晚他开车送王宝森下车的地方，怀柔县崎峰茶村。车上里程表显示，从东直门到怀柔县城是 50 公里，从怀柔县城到崎峰茶村又是 50 公里。

到了现场已是夜里，大山里四周漆黑一片，一大队武警战士也赶到了，参加到搜寻中来。身着各种制服和便衣的队伍在公路上集结，分成小组，间隔五米一个人，技术人员走在后面，来回巡视，扩大照看的范围，大家分片搜山。

正当队伍散开沿山搜索时，突然间狂风大作，飞沙走石，杂草枯叶满天飞舞，眼睛被风吹得睁不开，连呼吸都很困难，鼻子嘴里和衣服里全都灌进沙土碎石，满天的泥土和石子像是要把我们活埋。起风的同时气温骤降，大家不由自主地蹲了下来，抓住身边的小树和灌木。这么恶劣的天气条件下搜山显然是无法进行下去了，逐级请示后，我们暂停搜山，退回到崎峰茶乡政府院内待命。

转天4月6日清晨5点半，天蒙蒙亮，熬了一夜的我们再次排好队形，全部人员投入拉网式搜山。5点45分，在崎峰茶村半山腰的一条干涸的流水小沟里发现一具男性尸体，头南脚北仰卧，右手握着一支比较少见的新型微型手枪。从尸体外观看没有腐烂，应该是死亡不久的，从衣着的品质看应该是有一定档次的人，我们马上叫来王宝森的司机辨认。司机说，这就是王宝森。

只见王宝森尸体头部左侧和左耳有流向脑后枕部的流柱状血迹，头部左侧地上的枯草和树叶上有少量流淌和滴落的血迹，左耳上方和右耳上方各有一孔洞，两个孔洞呈现左侧高右侧低的走向。

我们是做刑事侦查和刑事技术的，根据多年的办案经验，从现场环境、迹象和尸体姿态判断十有八九是自杀，但是这事情太重大，大家都是心里有数，可嘴上却什么也不说。好端端一个市委常委、常务副市长怎么说死就死了呢？而且还是在这么偏僻的地方。

现场立即被保护起来，同时逐级向上汇报。我则立即赶回北京，向部领导直接汇报。副部长听完，指示我说，不管案子最后查明是什么性质，自杀还是他杀，这个案子一定要办成铁案，经得住历史的长远考验。说着，他从办公桌里拿出一支与王宝森手中相同的手枪，只不过副部长的这把是全电镀的礼品枪，让我模仿王宝森尸体的拿枪姿势和枪弹射入口和射出口的位置给他看。我清楚，作为一位干了几十年的老刑侦领导来说，判断自杀还是他杀并不难，看了我比划的样子，领导心中应该已经有个大概的判断。

副部长一再强调，此案的关键就是自杀还是他杀，在这个问题上一定要把证据搞扎实。他指示我作为公安部专家组成员，一定要全程参与这个案件，要通过刑事技术工作把各种证据搞充分，搞准确。尸体肯定是要解剖的，北京市公安局在解剖尸体前一定要先请示公安部。最后，他把那支手枪递给了我，说在检验尸体时可以比对是不是这种手枪形成的。

我连忙赶回现场，王军处长正在向李其炎市长作汇报。李市长浓眉紧锁，黑着脸，在我们划定的中心现场外转了一圈，一句话没说就上车走了。

领导看过后，我们一行人各自抄起器械，正式展开现场勘查和取证工作。现场位于怀柔县琉璃庙到崎峰茶的公路8公里处，王宝森死亡的中心现场位于公路南侧崎峰茶村小梁根阴坡的半山腰上，山坡上有一条被雨水冲出的由上向下的小水沟内。

我们没有能丈量远距离的皮卷尺，市公安局法医中心的法医师刘力就地取材，捡来一根长树枝当标尺，趴在地上，一折一折地量了起来，最后计算出实际距离。王宝森下车的公路旁边是一片宽38米农田，农田延伸到山脚下，从山脚向山上直到王宝森死亡的半山腰是47米，两段合计为85米。也就是说，王宝森下车后，先蹚过了农田，然后开始爬山。当天是农历初六，上弦月已落下，在伸手不见五指的山里，穿过这些刺人的灌木和杂草，在根本没有路的情况下，深一脚浅一脚地摸黑走这85米也是很不容易的，更何况后半段还要爬山。

由于流水的冲刷，小水沟呈上窄下宽的三角形，水沟两侧各有一块大石头对应地立着，王宝森的尸体头朝山上，上身卡在两块大石之间，半仰半靠地倒下去，仰面朝天地半坐半卧在水沟里。这个地方的特点一是隐蔽，人在两石之间不容易被发现；二是有靠背，便于人坐下后固定身体，死了之后，尸体也不会滚到山下去。

尸体衣着完整，没有撕扯拖拉的破损迹象。尸体上身穿黑色羊皮夹克，左肩下方 10 厘米处的皮夹克上有 1 枚子弹头，我们把这枚弹头提取回去做进一步检验鉴定。

王宝森双臂交叉放在胸前，左手偏下，靠近腿的方向，右手偏上，靠近头的方向。右手紧握一把手枪，食指扣在扳机上，枪口指向左胸。右腿伸直，左腿稍屈曲。尸体的姿势告诉我们，他是右手持枪紧贴右太阳穴开枪自杀的，其食指仍紧扣在扳机上呈尸体痉挛状态，这是自己开枪击中头部导致瞬间死亡，形成尸僵的典型姿态，他人加害无法形成这种始终紧握手枪的特殊尸僵。但是要办成经得住历史检验的铁案首先必须构建完整的证据链条。

初步检验王宝森手持的是国产八四式 7.62 毫米手枪，这种手枪使用的是六四式 7.62 毫米的手枪弹，枪膛内有一发子弹，弹匣内有三发子弹。枪支各部机件完好，击发正常。

回溯：笃定赴死

王宝森失踪后死亡无疑是一件特别重大的事件，为了准确确定他死亡的性质，就必须弄清楚他失踪前都发生了什么。事关重大，专案组列出需要接受调查人员名单，报请中央批准后，全面的调查工作立即紧锣密鼓地展开了。随着调查的深入，王宝森死亡前的情况逐渐地清晰起来。

4月4日早上，王宝森和往常一样起床，喝完家人为他热的牛奶后，8 点 30 分他内穿深蓝色毛衣，外套黑皮夹克，脚蹬黑色皮鞋，没有带公文包，衣兜里装着钢笔和老花镜，和爱人一同下楼，还用塑料袋装上了两根对糖尿病人最健康的安全食品：生黄瓜。司机已经在门口等了。

司机为王宝森打开黑色奥迪车门，王宝森一声不吭地钻了进去，爱人从另一侧上了车，车子缓缓地开动。搭车上班的爱人中途下车，王宝森同样没有吱声，一切都平静得和任何一天一样，连他们自己也无法料到此刻竟成两人的诀别。

大约9点钟，车到市政府，王宝森先到办公室看看有没有急事要办，上午市委有会，王宝森这个常委却没有参加。他到公安部礼堂参加由公安部政治部和北京市公安局联合举行的崔大庆、甘雷同志英模命名大会。在主席台上就座后，他微笑着和其他几位领导同志频频点头打着招呼。

会后中午12点20分，王宝森回到办公室，吩咐秘书约了几拨儿客人，当天晚上8点30分以后在天伦王朝饭店分头见面，还在饭店预订了晚餐，点名要吃炸酱面。王宝森长期"租用"天伦王朝饭店两个单间，房间钥匙他们自己掌管，房费由公司挂账。

王宝森得知当天下午北京市有一个调整经济结构的会议，就让秘书问问会议在哪里开，他要去听汇报。秘书联系到市财政局长，局长感到很意外，因为这个会议主要是副局长们汇报和讨论，没有必要请副市长王宝森参加，现在王宝森要来参加，局长对秘书说："行，领导愿意听那就来吧！"随后告诉会议地点在天宁寺立交桥东南角的京中大厦。

几件事情安排好后，王宝森到市政府领导的小食堂吃了午饭，大约在下午1点午睡休息。

2点50分时，司机开车送王宝森去京中大厦。天宁寺立交桥是个比较复杂的立交桥，司机在桥上转了半天，最后还是王宝森用车载电话让会场派人开车把他的车引到大厦门前。

王宝森到达京中大厦已经是下午3点40分了，他走进会场，在中间的椅子上坐了下来，听了50多分钟汇报，中间听到他感兴趣的地方还不时地插话。汇报快要结束时，王宝森要去打电话，那个年代中国还没有手机，工作人员就引着王宝森到会议室隔壁去打电话，第一个电话是工作人员代拨的，接电话的是个男的，第二个电话是他自己拨的，工作人员懂得规矩，早早地躲开了，只是从王宝森说话的口气中隐约感觉到第二个接电话的人应该是个女的。两个电话打完，王宝森若无其事地回到会场继续听汇报。

5点钟时，汇报结束，他表态说汇报的内容很好，充分肯定了大家的工作。局长等一大帮人把他送到大厦门口，王宝森坐进车里，把奥迪车后窗的玻璃降下一条缝，右手伸出来冲大家摆了摆，算是告别。送他的人感到很奇怪：王市长历来都是上车就走，从来没有这样的举动。

王宝森从京中大厦直接回到自己的办公室，大约过了20分钟，王宝森叫司机送他去市委。北京市委和市政府在一个大院内办公，大院东边是市委，西边是市政府。到了市委后，王宝森自己上楼去。

王宝森在市委书记陈希同的办公室里待了45分钟，6点30分，俩人边走边说一同下楼出来。陈希同上车从市委这边的东门出去，王宝森上车从市政府那边的西门出去。

王宝森上车后，用和往常一样的口气，轻轻地对司机说了一声"上怀柔"便不再作声。事后调查表明，此时的王宝森已抱定必死的信念。中国的贪官不少，但是自杀的贪官并不多，像王宝森这样如此淡定而又坚定地赴死，实在是耐人寻味的。现在王宝森、陈希同都已不在人世了，他们俩人的这番谈话都谈了些什么？王宝森为什么就慷慨赴死了？恐怕永远不会为外人所知了。

司机以为是去雁栖湖畔的市财政局培训中心，王宝森特别喜欢去那里开会、度假。车子走上长安街，直奔东三环，然后从机场高速路转京顺路，直奔怀柔而去。

走到怀柔范各庄时，王宝森让司机开往崎峰茶，一路上还总是问离崎峰茶还有多远。车到云蒙山，王宝森下车解手，他问司机这是哪里，司机答是云蒙山风景区。王宝森上车继续往前走，还把车窗摇下来，不断地朝车外张望。

车子沿着蜿蜒起伏的盘山公路走着，王宝森看见路边拐弯处有一间破旧的小砖房，就让司机把车停在路旁，他下车来到小砖房前。太黑了，看不清小房子里的情况，吩咐司机从车上拿来手电透过窗户朝小房子里照了照。这个小房子原来应该是修路工人住的，里面有用砖头垫起的木板床，墙上贴着旧报纸挡风。王宝森看见房门上挂着锁，就让司机拿把改锥，撬开锁到里面看看。司机说："这不好吧，万一被人发现了怎么办。"王宝森只得作罢，上车继续往前走。

快到崎峰茶时，王宝森见路边有几间工棚，再次让车停下来，他独自下车，朝工棚走去，恰巧从工棚中走出来一人站在路旁解手，吓了王宝森一跳，王宝森说了句"这儿还有人呢"，赶紧上车继续前行。

王宝森对司机说，崎峰茶山上有个小亭子，他约了两个人晚上8点10分在小亭子见面，对方开一辆白色的桑塔纳，说好谁先到谁先等。崎峰茶村是个景色优美的小村庄，因一座山势险峻、长满苍松的大山"崎峰"而得名，这座山里有许多矿藏，据说还有金矿，是名副其实的"北京的金山"。

车子开到崎峰茶村的山坡旁时，一看表正好8点。俩人一同下车，司机环顾黑黢黢的四周说："这里也没有亭子呀？"王宝森说："就是这个地方。"他对司机说："你也好久没有回家了，先走吧！别让别人看见咱们的车。"司机说："我没事，我等接您的车来了再走，把您一个人放在这儿我也不放心啊。"王宝森说："没事，我带着小玩意儿呢！"司机明白，小玩意儿指的是手枪。王宝森把司机硬塞回车里，最后嘱咐他说："不管谁呼你，都别回电话，明早9点在单位等我，如果有人问我，你就说咱们俩没有在一起，我是坐别的车走的。"

司机懂得规矩，不该知道的不问，只得上车起步，那个地方路很窄，只能开车继续向前走，找了个宽敞的地方掉过头来，再按原路返回。经过王宝森刚才下车的地方时，司机朝车外看去，已经不见了王宝森的影子，也没有见到其他任何人和车的踪影。

天伦王朝饭店这边，王宝森的秘书始终不见王宝森露面，不停地传呼王宝森和司机，但始终没有收到电话。9点多钟，见一直联系不上他们，秘书推掉了等着见王宝森的众多客人，自己也离开了。

4月5日早上8点钟，司机接到陈希同的秘书的传呼；8点半到了市政府后，又被王宝森的秘书叫上楼去。司机按照王宝森的交代回复了他们，可是心里却越发不安。他在市政府等到10点钟，仍然不见王宝森的影子，有点儿沉不住气了，就找到王宝森原来的同是怀柔老乡的司机，把实情告诉了他。他让司机再等等。

一直焦急地等到下午5点多钟，司机又与王宝森原来的司机联系，原来的司机说："我也不放心，自己开车去了一趟怀柔，也没有找见，实在不行就说实话吧！""不说不行了，万一出事怎么办。"

司机先找到王宝森的秘书，把昨晚的情况讲了一遍；又到市委，当着市委书记陈希同和市长李其炎的面，把昨晚的情况一五一十地讲了。市委领导立即给怀柔县委打电话，问他们看没看见王宝森，怀柔领导说没看见，此时大家隐约感到王宝森有可能失踪了。

证据一：现场弹壳

自杀的关键证据之一是弹壳在哪里，只有找到了子弹壳才能证明现场上没有其他的人出现过。

我们在王宝森身上拾到了一枚子弹头，经过检验，这枚子弹头是六四式7.62毫米手枪铜质弹头，与王宝森所握手枪弹匣中的子弹属同一类型，且同一批号，弹头上有四条清晰的右旋膛线，经与王宝森所握手枪发射的弹头样本上的膛线进行同一认定比对，两者的膛线痕迹均可吻合，证实这枚子弹头就是从王宝森手握的那把手枪里发射出来的。

一般来说，枪击致死案件中弹壳往往是更加重要的证据。因为弹头射入人体内，如果没有形成贯通伤，弹头穿不出来，现场上就不会发现；如果穿出人体外，由于弹头在动能作用下飞出很远，飞出后击中障碍物就变形、破碎，或者改变飞行方向，所以作案人往往不会费时间去寻找和捡拾弹头。

弹壳则不同，从枪膛内弹出后，飞行方向和距离是比较固定的，也飞不了多远，超不出视线范围，更不会进入人体内，只能留在现场上，具有反侦查经验的作案人开枪作案后，往往会把弹壳从现场捡走，使我们无法利用这一重要物证，从弹壳找到并证实发射这枚子弹的枪。

在案发后的第一次现场勘查中，我们没有发现弹壳，4月20日我们对死亡现场进行了再次搜查和勘查，拉网式地搜寻子弹壳。虽然弹壳从手枪飞出的角度和方向是固定的，但是由于枪的位置和角度不同，弹壳飞出的方向和距离就会有极大的差别，可以说击发一千次就会有一千个位置。大家趴在地上，把现场地面一寸一寸地找过了，始终没有发现这枚关键的弹壳。

如果现场没有子弹壳，就有他杀的可能。是我们没有找到子弹壳还是被作案人捡走了？证据链在这里断开了，缺少了一个重要环节。

我突然想起，很久之前，我还在北京市公安局当法医时，曾经办过一个案子，被害人中枪被杀，子弹射入人体后改变了方向，拐弯穿行，不知穿到什么部位去了。当时我提出用探雷器寻找射入人体的子弹头，结果很快就找到了子弹头的位置。我们这次可以如法炮制。

4月22日，一行人浩浩荡荡又开到崎峰茶村，我们先简单地清除了地表的杂草和枯叶，不能清除得太干净，怕把弹壳也清除掉了。然后使用金属探测器以王宝森尸体为中心，划定15米为半径的范围开始探测。

刚在尸体部位一探，探测器就马上叫了起来，大家心中一阵惊喜，心想这招儿还真灵，谁知只是一个锈蚀不堪的猎捕动物的套子。虽然大家空欢喜一场，可是这表明用探测器找金属弹壳是个可行的办法。

这一干就是几个小时过去了，终于在下午1时10分，在距离尸体头部东北侧6.93米处山坡的落叶下探测到一枚子弹壳。弹壳为铜质镀镍，肉眼观察与王宝森手枪弹匣中的子弹新旧程度一致，弹壳底部的编号也相同，大家兴奋极了，几天来的疲劳一扫而光。我们立即对发现弹壳的地点进行拍照、录像和记录，小心翼翼地用镊子夹起来，封装进了物证袋。

经过对弹壳上的痕迹检验，确定这枚弹壳就是从王宝森手中的手枪发射的。

证据二：枪和子弹

自杀的另一个关键证据是王宝森自杀所用的枪是哪里来的。

在一般人来看，为市领导配支枪还不是小事一桩吗？其实不然。早在1994年底，王宝森的秘书就向北京市公安局警卫处提出过："王宝森是主管经济的常务副市长，经济工作方面的矛盾比较多，比较尖锐，当前社会治安又不太好，希望要一支枪，不要真子弹，只要橡皮子弹就行，用于自卫。"这件事倒让北京市公安局的领导非常为难：上级没有规定给市领导配枪，而且配了枪反倒有可能影响领导的安全。配枪这个事一拖再拖。

直到王宝森死前不到两个月，市公安局警卫处正式上报请示后，于2月10日下午，相关人员将一支八四式手枪、橡皮子弹15发、长方形黑色皮质枪袋，一并送到王宝森的办公室，当面交给了王宝森，还向王宝森讲清了枪支的使用方法和注意事项。此后的一天，王宝森去参加一起外事活动，在车上掏出手枪对司机说"把这个锁好"，司机一看是支枪，吓了一跳，马上把车停在路边，把枪锁在副驾驶前面的工具箱里，再开车。

王宝森有了枪和橡皮子弹，真子弹从哪里来呢？

2月13日，也就是拿到枪后的第三天，王宝森的秘书打电话给北京市公安局警卫处："副市长王宝森要打靶，请警卫处负责安排一下。"警卫处立即逐级请示领导，得到批准后，在警卫处干部冬训基地"八一"射击场安排实弹射击。射击的枪种按照王宝森的要求是八四式手枪和八二式冲锋枪。

2月15日中午12时50分，王宝森乘车来到射击场，警卫处两名干部陪着他来到二号靶位，王宝森从衣兜里拿出一支八四式手枪说："就用这个打。"干部退出枪里的弹匣，简单检查了一下，枪支击发正常，就往空弹匣里压子弹，压满后，王宝森接过枪来射击。

警卫处领的一百发八四式手枪子弹全部放在靶台上，因王宝森说下午还要开会，为了抓紧时间，用王宝森枪里的弹匣和射击场的一个弹匣轮流压弹射击。其间，两名干部曾陪同王宝森离开靶位查看了一次命中情况。

为了增加打靶的乐趣，更好地练习，干部们提议让王宝森开枪打瓶子和石头。王宝森同意后，两名干部到靶子跟前摆放了石头、瓶子等实物，王宝森独自一人在靶位里等候。两名干部摆放好后，回到靶位里，协助并指导王宝森将靶台上子弹全部打光。接着进行了八二式微型冲锋枪的实弹射击，整个射击过程持续了20分钟，其间王宝森并没有向警卫处工作人员索要子弹。

王宝森打靶后，乘车而去，没有再说什么。经查阅警卫处子弹出入库登记，王宝森当天射击使用的子弹，与死亡现场发现的子弹以及他手中枪内所余子弹完全相同，应该是王宝森在打靶过程中，趁工作人员摆放石头、瓶子等物品之际，盗取了靶台上的手枪子弹。

显然，从要求配枪、只要橡皮子弹，到打靶试枪练手，再到寻机窃取子弹，这是王宝森精心设计好的，要枪做什么？无外乎打别人或打自己。打别人是要打谁？打自己又是为什么？王宝森早已做好了准备，他头脑清醒地等待着末日的降临。为什么要做这样的准备？到底是什么使他需要随时准备付出生命的代价？这些疑问已经被永久地封存在历史的重重迷雾之中了。

至此，对我们办案来说，两个关键证据终于有了答案。

解剖：抽丝剥茧

半个月过去了，从调查的情况看，基本排除了他人杀害王宝森的可能，王宝森自杀的可能性日趋明朗了。下一步，该是解剖尸体了。有些问题，比如判断死亡原因、推测死亡时间、是否患有疾病、颅内损伤情况、胃内容物的毒化检验等，必须对尸体进行系统解剖检验才能解决。

这么重要的人物，这么重要的案子，必须要请示中央才能决定下一步的工作，公安部分管刑侦工作的部领导对于死亡鉴定很有经验，批示要在给中央的请示中详细地列出解剖检验的方案。我连夜以公安部的名义撰写了方案，后来还进行了细化。四天后，4月25日，终于得到了批准。同日，在市政府的耐心工作下，王宝森的家属签字同意对尸体进行解剖检验。

4月26日下午2时，衣着整齐的王宝森尸体被抬上了解剖台。

按照方案，尸体检验从检查衣服开始。学法医的时候老师曾说，翻兜是法医最重要的，也是最容易忘记的一项工作；有时一翻兜，案子就解决了一半，所以这不起眼的检查衣服其实是非常要紧和有用的。

尸体上身穿黑色羊皮夹克，右外下兜装有《改革开放中的北京民族工作巡回展简介》和《改革开放中北京的宗教说明书》各一份，"一九九五年国债发行宣传单"一张，某人撰写的"呼吁解决环卫经费不足问题"提案一份，工作记事纸两张，白纸一张。左外下兜装有多用折叠刀一把，一次性打火机一个——王宝森下车爬山时有可能用打火机照亮。

黑皮夹克内穿黑灰色毛料西服，右外下兜装有灰色暗花领带一条，左外下兜装有打开的"红塔山"牌香烟半盒，一次性打火机两个。右内下兜装有一个长方形黑色皮质枪袋，袋内装有一个弹匣，匣内压有五发子弹；左内下兜装有印有"吉祥如意、长命百岁"字样的猪年红布腰带一条，当年是他的本命年；左内中兜装有四张名片，左内上兜内装有工作记事纸一张、三张名片、"革列齐特"药片一板（一种治疗轻、中型糖尿病的药物），上有七粒药。

西服内穿着深蓝色套头羊绒衫一件，里面穿的是白色化纤衬衣，衬衣左上兜有折叠式眼镜一副、梳子一把、"革列齐特"药片一板，上有十五粒药。

尸体下身穿黑灰色毛料西装裤子，右裤兜装有一条手帕，右后兜装有一串五把钥匙——这些钥匙与检验鉴定无关，我们当即交给在场的最高人民检察院的监督人员。在办案过程中，钥匙、笔记本、通讯录、未冲洗的胶卷这类敏感物品，只要与我们技术工作无关，应立即交给有关人员，在自己手里的时间越短越好。

西裤内穿的是蓝色秋裤和红色三角短裤，腰系黑皮带，脚穿蓝色袜子和黑色牛皮盖鞋，鞋袜穿着正常。左手腕带 SEIKO 牌石英手表。

这次检查衣服，除了衣着整齐不符合他杀特征外，没有什么特殊的发现。我感到王宝森的衣兜装的东西还真多，"兜里小世界，世间大乾坤"，一个人口袋里装什么、装多少，就能反映这个人的生活状态。

脱去衣服，王宝森的尸体完整地呈现在我们面前。尸体全长 172厘米，发育正常，营养良好，尸体背后因为尸斑的缘故呈大片状暗紫红色，各关节仍有轻微的尸僵存在而呈僵硬状态。只见尸体肚子挺大，双下肢特别细，双脚也很细小，一看就是长期以来坐车多、走路少，静止多、运动少，不仅下肢的肌肉萎缩，连骨骼都变得细小了。

王宝森的头颅没有明显的变形，两侧颞部可以见到一处贯通枪弹创，右颞部在右耳向上垂直距离 0.3 厘米、相当于太阳穴的地方可见一圆孔形创口，直径 1.1 厘米，创口中央皮肤缺失，创口边缘皮肤已经凝固性坏死。这种坏死是火焰烧灼所产生的痕迹，无论何种枪支在击发瞬间都会从枪口喷出火药燃烧产生的火焰，火焰会将贴近枪口的皮肤组织烧焦，一般来说只有在枪口距离皮肤 15 厘米以内才能形成。

王宝森右颞部皮肤创口边缘明显的火焰烧灼痕迹，说明枪口离创口是很近的，这个创口是子弹的射入口。射入口周围皮肤表面还附着少量黑色物质，是子弹里火药燃烧的残留物，只有在射击距离很近的情况下，皮肤上才能留下。

射入口周围伴有 4.8 厘米 ×4.8 厘米 ×1.0 厘米的头皮下血肿。射入口下方皮肤上可见一个半圆弧形挫裂创，直径 0.5 厘米，射入口下方有伤，上方没有，说明当时枪口朝向左上方，枪身呈左高右低的样子，枪口的下缘紧抵在皮肤上，上缘则没有完全接触到皮肤，符合右手持枪朝太阳穴射击的自杀握枪方式。

我拿出副部长给的八四式微型手枪，与射入口和这个半圆形挫裂创一比，证实这个直径 0.5 厘米的半圆弧形挫裂创是八四式微型手枪枪口下方的复进弹簧导向杆前端顶撞形成的。这个导向杆的作用就是子弹发射时，在子弹爆炸气体的推动下向前滑动，把下一发子弹顶上膛。当枪口顶在皮肤上时，这个滑动伸出的导向杆顶撞、挫压皮肤形成挫裂创。由于导向杆的滑动距离很短，出现这个挫裂创表明王宝森当时应该是把枪直接顶在右太阳穴上开枪的。我们赶紧把这个比对结果照相固定下来，作为一个重要的证据。

左颞部在左耳上垂直距离 2.0 厘米的地方可见一条形裂隙状的创口，长 1.5 厘米。子弹打穿人体时，射入口呈圆孔状，圆孔的中央有人体组织的缺损。射出口呈条形的裂隙状，检验时可用双手把射出口周边的皮肤捏并拢，就可以看到并没有人体组织的缺损，左边的这个创口就是子弹的射出口。射入口和射出口都有血液向脑后枕部流淌的痕迹。

尸体表面其他没有异常改变。

解剖检验首先是头部，右颞部可见头皮下出血，右颞肌形成血肿，右颞骨有一圆形孔状骨折，直径 0.8 厘米，脑膜破裂，大脑右颞叶有 2.5 厘米 ×2.0 厘米的挫碎伤一处。左颞肌出血；左颞骨卵圆形孔状骨折，直径 1.6 厘米 ×1.2 厘米，脑膜破裂，大脑左颞叶有 5.0 厘米 ×4.0 厘米的挫碎伤一处。

在枪弹射入口和射出口检验中，通常射入口的骨头损伤较小，射出口较大，脑组织也是射入口周边的挫碎范围小，射出口周边的挫碎范围大，因此从损伤严重程度来看，子弹应是从头的右侧向左侧射的，再一次证实右侧的是射入口，左侧的是射出口。

两侧颅底眼眶上的颅前窝粉碎性骨折，这个部位的骨质极薄，和指甲的薄厚差不多，子弹不一定直接击中这里，所携带的动能就能造成粉碎性骨折。颈部无肌肉出血，舌骨等骨组织没有骨折。胸腔壁软组织没有出血，肋骨和胸椎骨没有骨折，右胸膜有广泛性纤维性粘连，提示其生前曾患过肺结核、肺炎、胸膜炎等肺脏疾病，肺膜无出血点，气管、支气管通畅。心脏略大于自己的拳头，心脏外膜脂肪组织较多，心肌切面没有明显病变，冠状动脉管壁有轻度半月状增厚，主动脉内膜有数处粥样硬化斑。

腹腔无异常积液，各脏器位置正常。肝脏外观呈轻度红黄色相间改变，触之有油腻感，切面呈明显瘀血。两肾脏无异常，膀胱内充满尿液，结合王宝森司机所说，途中王宝森几次要下车小便，都被打扰了，这一迹象表明王宝森下车后，到自杀的时间间隔很短。

胃内空虚，胃壁上贴着几小片青菜叶——王宝森 4 月 4 日中午饭吃了一小盘青菜，从这一迹象看王宝森死亡时间应距其生前最后一餐饭四个小时以上，如果调查中没有吃晚饭的情况反映，死亡时间应是 4

月 4 日晚间。

腰椎和骨盆无骨折。四肢无骨折。

按照工作方案，我们提取了王宝森头部射入口周围和双手皮肤表面的附着物进行残留火药微粒检查，也就是射击残留物检验。枪支击发时，子弹里的火药在撞针的击发下爆炸燃烧，一部分火药充分燃烧后变成了烟，还有一部分火药燃烧不充分，形成许多细小的火药微粒，和着烟尘从枪口和枪身的缝隙中喷出来，这些微粒和烟尘可以附着在持枪的手上，检验这些微粒就可以证明是否开过枪和用哪只手开过枪。

一般采用扫描电子显微镜加上 X 射线能谱仪检验，这些微粒和烟尘在电子显微镜下呈球状，专业上叫作射击球，这是认定是否曾开枪射击的重要物证，再结合 X 射线能谱仪对射击球的化学成分进行分析鉴定，再与子弹内火药成分进行比对，就能认定发射的是哪种子弹。

物理检验发现，王宝森手中握着的手枪的枪管、枪膛内均附着着明显的黑色烟痕和黑色细颗粒状物质，表明这支枪在近期击发过。

在王宝森右手皮肤的附着物中检出黑色颗粒状物质，经化验分析，黑色颗粒状物质为无烟发射药，与他手枪里子弹的火药进行了比对，证明是同一种火药，成分是锑、锡和铅，其中锑是子弹火药所特有的，证实王宝森右手曾持枪发射过。

王宝森头部右侧创口和创口外周的烟晕、烧灼痕均检验出射击残留物，判断为贴近射击。

在尸体解剖检验中提取了足量的心脏内血液、几小片菜叶构成的全部胃内容物和部分胃壁组织、肝脏和尿液，在公安部专家指导下，由北京市公安局法医中心毒物化验室进行常见毒物与毒品检验，检验后发现，心脏内血液中没有检出酒精，心脏内血液、胃及内容物、尿液中没有检出吗啡、海洛因、大麻、可卡因等毒品，也没有检出常见安眠镇静药物及毒物。

王宝森尸体法医学解剖检验鉴定的结论是：王宝森系因用制式手

枪接触射击头部，造成重度开放性颅脑损伤死亡，王宝森头部枪创符合自己右手开枪形成。这份鉴定书上共有十四位领导和专家签字。

尸体解剖检验完毕，按照中央要求，王宝森的尸体要妥善保管，市局法医中心专门买了一个单人冰柜，把王宝森的尸体放进去，再贴上封条。

尾声：一缕青烟

1995 年 7 月 4 日，中央宣布了重大决定，中共中央纪律检查委员会及有关部门遵照中央指示，对原中共北京市委常委、北京市副市长王宝森的经济犯罪问题进行了深入调查：王宝森在任职期间，滥用职权，大肆侵吞、挥霍、挪用公款，腐化堕落，是一个犯有严重经济罪行的腐败分子。中共中央纪律检查委员会决定，开除王宝森的党籍。王宝森已畏罪自杀，根据法律规定，不再追究其刑事责任。王宝森的死亡性质和原因已经查清楚了，至于他为什么饮弹自杀，并不在我们调查范围之内。

一晃一年多过去了，王宝森的尸体还静静地躺在法医中心的"单间"里。市局法医中心给我来电话，请示王宝森的尸体如何处理。如何处理王宝森的尸体要正式上报请示。经过公安部、最高人民检察院的会签请示，1996 年 6 月 14 日，中央领导指示，同意处理王宝森的尸体。

北京市公安局接到可以火化处理王宝森尸体的批复后，为了稳妥起见，没有立即着手处理，又过了一段时间，到了 1998 年 4 月才最终处理了王宝森的尸体。

处理的当天，通知王宝森的家属到场，据说来的一位是王宝森的哥哥，还有两位不知道是什么亲戚的年轻女性，王宝森尸体被运走火化，他们在市局法医中心远远地看着。从此曾经位高权重、无限风光的王宝森化为一缕青烟，永远地不复存在了。

大官之死(二)

这血淋淋的教训告诉我们：如何在危急情况下妥善地应对，避免自己受到伤害，不仅是老百姓面临的问题，也是高层领导人应该知晓的。

惊天命案　血染小楼

1996 年 2 月 2 日，北京的初春依旧寒冷。早上刚上班，值班室里传来消息：全国人大常委会副委员长李沛瑶被杀，而且还是在家里被杀的！我们感到非常震惊：这么大的官也不安全吗？太不可思议了。不一会儿，我就收到了通知，立即带上早已准备好的东西，直奔案发现场。

现场位于西城区新街口外大街 4 号院，紧邻北京最热闹的商业区之一，新街口到北太平庄之间。4 号院不临街，需要从一条很不显眼的小路拐进去，里面住着四十多位副部级以上的高级干部。院内驻有武警北京市第一总队二支队一中队的二十七名官兵，全院设了六个固定执勤哨位和一个流动哨，日夜警惕地守卫着。

李沛瑶家在 11 号楼，是一座坐北朝南四方形的独栋二层楼，周围草坪环绕，楼门开在楼的东南角。东南方 16 米是院内的 2 号武警哨兵岗亭。

现场楼门口水泥地面上有大量血迹，以及光穿袜子踩下的带血的脚印。楼南侧草坪上的枯草被踩踏得凌乱不堪，多根小的灌木枝杈被折断，地面干土上的脚印杂乱无章，还有大片的血迹，表明曾经有人在这里搏斗并且受伤出血。水泥地面上还有带血物体拖拉形成的拖拉血迹，楼的南墙上有喷溅上去的血迹。

李家小楼一层书房的西窗被打开，窗台下方楼外地面上有少量血滴。楼外东北角地上有一口暖气井，井盖和周围有大量血滴，打开井盖，里面扔着一把沾着大量血迹的菜刀，还有一个拖把，拖把的木把上沾满了血迹，已经变成了红色，布条上也满是血迹。井里还有沾着血迹的短裤、羊毛衫、毛背心。

李家南侧的小路上有大量的滴落状血迹，血迹朝西延伸，一直到西院墙，再折向东南方向，一直延伸到负责4号院安全警卫的武警中队部。

李家的楼门为内外两层，外层为铁框玻璃门，内层为纱门，玻璃门关着，但是没有上锁。玻璃门的暗锁上插着钥匙，门内外以及把手上都有大量向下流淌的血迹。在两层门之间的夹缝里，有一把长21.5厘米、宽5.5厘米的方头菜刀，菜刀的木把已脱落，刀上沾有少量血迹。

从李家楼门进去是一间南北走向的门厅，铺着绿色的化纤地毯，上面染有大量血迹，门厅四周的墙壁上到处都是喷溅上去的血迹，门厅的东南角放着一个鞋柜，里面有六双鞋，还有一只沾有血迹的左脚白布拖鞋。

我看到，门厅东北角的地毯已被掀开，露出一口暖气井，井内有一具屈曲状俯身的男性尸体，头上流出大量血液。尸体上身穿白衬衫，衬衫向上卷起露出了几乎整个脊背，白衬衫上染有大量血迹；里面穿的白色背心也向上卷起，下身穿蓝灰色线裤，内穿粉色秋裤，再里面是蓝短裤，脚上穿着灰色袜子，袜底沾满血迹和泥土。毫无疑问，这就是李沛瑶的遗体了。

门厅西侧有一扇门通往过厅，过厅北侧是警卫室，安有警铃，但是里面并没有警卫人员值守和居住。据说是李沛瑶说家里也没有什么事，就让警卫人员住在东侧120米外的车库宿舍里。过厅内有一只沾有血迹的右脚白布拖鞋，地面上到处都有一些血迹。

沿着楼梯可以到达二楼，楼梯上的血滴和光穿袜子留下的带血脚印清晰可见，方向有下楼的，也有上楼的。

二楼首先是一条过道，铺着地板砖，上面有大量血滴和擦蹭留下的血迹。过道东侧是一间卧室，卧室有一扇门通往阳台，这扇门打开着。阳台上有一个绿色的军用子弹袋，子弹袋是空的，上面沾有少量血迹。阳台地面上有一些血迹和呈波浪花纹的足迹。阳台西北角下方墙壁上有从下向上蹬踏留下的黑色痕迹。

二楼上还有办公室、卫生间和另外两间卧室。办公室和卧室地面上都有血滴和光穿袜子留下的血脚印。卧室衣柜里有翻动过的迹象，柜子里的衣服上也沾有血迹。卧室墙上的日光灯开关上沾有少量血迹。卫生间地面铺着地板砖，上有大量血滴和擦蹭留下的血迹。浴缸、洗手池、肥皂盒上均有大量血迹，洗手池边上放着一条白毛巾，上面沾有大量血迹。

这个现场太大了，二十几个年轻力壮的小伙子在各路专家的带领下，足足用了将近十个小时才工作完毕。我们按照常规对现场进行勘查、提取、拍照和录像，绘制了现场图，制作了现场勘查笔录，提取了现场的血迹、血渍指纹痕迹、波浪状花纹足迹和光穿着袜子留下的带血脚印。

这是我当法医以来出的现场中领导来的最多、级别最高的一次了。中央领导同志都来了，可见事情重大。

现场勘查开始时，李沛瑶副委员长的遗体还在井里面。拍照固定现场后，就可以搬运了。现场的法医们面面相觑，心中暗自嘀咕：咱们法医能动他吗？能像办一件普通案件一样搬动他老人家的遗体吗？大家都等在那里。可不管怎么说，还是得先把副委员长从井里拉出来。

我就对大家说："来吧，我们把他拉上来吧，这个首长如果不是这么个死法，还轮不上咱们抬哩。"大家一听，嘴上没有说什么，心里想也对，便一同伸手，连抬带拽连忙把他拉了出来，装进一只普通的尸体袋内，拉上拉锁，放到法医运尸车上，平安地运到了市公安局的法医中心。

把李沛瑶的遗体抬上解剖台，没有人敢做主解剖检验。大家明白，这样的大案，这样高级别的国家领导人，没有中央的指示，我们是不能做主动手的。但是为了案件侦查，我们做个尸体外表检验应该是没有问题的，也是必需的，好在凶手杀人都伤在人体表面，不需要深入解剖就能基本上弄清楚。

法医拧开解剖台上的水龙头，先将纱布浸湿，小心翼翼地慢慢冲洗擦净遗体上的血迹。法医工作中最忌用水猛冲，一不留神就会把体表附着的物证冲跑了，自己还不知道。

李沛瑶遗体的外表伤痕累累，血肉模糊。面部共有 6 道砍创，浅的到皮下，深的到骨头。额头上有 15 条划伤，枕部有两道砍创，深度都达到颅骨。颈部的损伤最重，一共有 25 道砍创。左侧舌骨大角被砍断，左侧颈静脉被砍断成了三截。气管、食道、甲状腺等脏器多处被砍断。胸部、腹部和背部有大面积的皮肤擦划伤。右肩和右上臂、右前臂、右腕、右手共有 16 道砍创，深度达到肌肉层。左手腕和左手指共有 8 道砍创，深度到达肌腱，最重的一刀将中指完全砍断。

从李沛瑶身上的创伤看，除了右眉、右胸等处的浅表擦伤外，所有开放性损伤都具有创口的边缘整齐、创口的两个角锐利、创伤的内壁平整等特点，应是锐器造成的创伤，多数深达骨头，应该是势大力沉的砍创。从砍创的长度和深度来分析，应该是质地坚硬、分量较重、便于挥动的菜刀类砍器形成的。

从现场提取的菜刀尺寸、质地、重量来看，完全可以形成尸体身上的砍创和切创。我们检验后的初步结论是：李沛瑶是被他人用菜刀砍伤头面部、颈部、上肢等部位，导致急性失血性休克死亡。

进行了尸表检验后，下一步就应该是系统解剖检验。刑侦局的领导让我先拿个意见。我静下心来，尽量全面地考虑一下。李沛瑶副委员长被害致死主要是外伤，由公安部和北京市公安局两级法医专家进行了尸体表面检验，已查明了死亡原因和性质，并对凶器做出推断和认定，可以依法出具法医学鉴定书了，被害时间也已通过调查得到证实，因此，没有必要一定对遗体进行解剖检验。最终，全国人大常委会和家属都同意办案单位的意见，没再对遗体进行解剖。

2月13日，李沛瑶同志遗体告别仪式在八宝山革命公墓举行，江泽民、乔石、李瑞环等党和国家领导人出席了告别仪式，还有3000多名群众参加。

人到了那个地方，又回复到了本来的身份和应有的仪式。

凶狠哨兵 残忍作案

技术工作在紧张地进行着，侦查工作也在不断地深入——一位住在李家正南的邻居和一位住在东北侧的保姆证实，凌晨4时50分左右听到了"救命"的呼喊声，时间记得这么准是因为保姆要定点叫醒家里的老人起床上厕所。

两名当夜值勤的武警战士反映，2月2日早晨6点钟他们下哨后，在11号楼门外遇见了一位叫张金龙的战士。他低着头，来回转悠像是在找东西。一名哨兵问他："你在干什么呢？"张金龙回答："不用你管。"这位哨兵用手电朝他照了一下，看见张金龙头上和大衣胸前都有大量血迹。

还有两名当班值勤的武警战士反映，2月2日早晨6时30分，他们发现张金龙趴在西侧院墙内的草坪上，墙头上放着一个箱子，墙脚地上也放着一个箱子。张金龙见到他们后站起身来，值勤战士发现他右侧脸上、手上和大衣袖子上都有大量血迹。

当天领班的武警班长证实，早上6时30分，他看见张金龙和另一位值勤战士在一起，张金龙满脸是血，就问他："你干什么呢？"张金龙说："班长，我杀人了，你放我一马，让我远走高飞吧。"随后，张金龙转过身就朝大院的铁门跑，噌噌几下爬上铁门，正准备翻过去，被班长和另一位值勤战士追上。他们抓住张金龙的腿，将他硬拉下来，带到了武警中队部。在中队部里，指导员和排长不明白发生了什么事情，刚要问，张金龙一下子跪了下来，说："指导员、排长，我对不起你们啊！"指导员和排长见张金龙满脸是血，就让他先去医院检查一下伤口，张金龙说："不用了，让我死吧。"指导员听到这话感到事关重大，连忙用电话向上级领导报告。

张金龙趁指导员打电话之际，猛地冲出队部大门，撒腿就朝大院的东南角跑去。他知道东墙旁有一堆煤，堆得和院墙差不多高，他快步跑上煤堆，一步蹿上墙头，正要朝墙外头跳，被赶上来的两名武警战士从墙头上一把拉了下来，又被重新带回队部。

经过他这么一折腾，指导员和排长不敢再大意了，连忙搜了他的身，从他的右裤兜内搜出一个钥匙包和一个黑塑料刀柄，还有600元钱。

我从现场赶到武警中队部时，见到了被警卫战士看管着的张金龙。张金龙身高一米七二，身材匀称，不胖不瘦，人长得倒是十分端正。圆圆的头，留着和战士们一样的紧贴头皮的短发，双眉浓密，眉心处有少许相连，双眼皮大圆眼，挺直的鼻子，厚实饱满的嘴唇，看起来很衬"金龙"这个名字，只是在这张脸上已不见了19岁青年人的稚气和青涩。

张金龙1977年7月21日生人，初中一年文化程度，原籍黑龙江省兰西县，1991年10月随父迁至山西省长治市潞城县。1994年12月入伍，案发时是武警北京一总队二支队一中队上等兵。1995年3月25日起，张金龙被派到李沛瑶等领导同志的住所值勤。

张金龙生父张俊有，1952年出生，在山西省长治市北铁三局当工人。1989年因单位不景气，办理了停薪留职手续，后来在农贸市场从事卖狗肉的个体生意，曾有持刀伤人的犯罪记录。生母王英，1952年出生，原来是黑龙江省兰西县制版厂的工人，后个体经营电话亭。1986年张金龙9岁时，张俊有和王英离婚，此后，张俊有与吴秀华再婚。吴秀华1962年出生，无业，婚后与张俊有一同做生意。

张金龙本人及家庭成员和主要社会关系均未发现有政治问题。张金龙1994年2月、3月两次因盗窃自行车受到公安机关的治安处罚。

当着警察的面，张金龙这样描述了当晚发生的一切。

2月2日，我上早晨4点到6点的哨。我上哨后，先到4号哨和5号哨那边转了一圈，两个哨位上都有人，但是我没有和他们说话，就回到我自己的2号哨。我在哨位上待着没有意思，就走到11号楼李沛瑶家外边。在窗户外的墙根底下，我放下枪，脱下大衣和子弹袋，便顺手放在那里，然后我蹬着阳台下的窗户爬上二层阳台。

阳台有两扇门通进房间，我试着推了推，一扇门打不开，另一扇门我一拧门把儿就打开了。为了不发出声音，我把棉鞋脱下来放在阳台门外，穿着袜子进了屋。

进屋后发现这里是一间客厅，当我正在写字台抽屉里翻东西的时候，李沛瑶穿着衬衣、衬裤，趿拉着拖鞋从卧室里踱了出来。他见到我先是一愣，缓缓神后问道："你怎么进来的，我的门是不是没有锁？"

我想他一定看出我是来偷东西的，就慌忙说："对不起，首长，我是头一次，下次不敢了。"

李沛瑶听罢坐到沙发上，我就"扑通"一下跪在他的面前求饶。李沛瑶口气平缓地问我："你叫什么名字？哪里的人？多大了？"

我说："我叫张金龙，是山西省长治市人，19岁了。"

李沛瑶说道："你 19 岁就干这事。"

我说："我真的是第一次。"

李沛瑶挥挥手说："你快走吧。"

听到这话，我感到他这是在撵我出去，顿时觉得他十分可恨，心想，我都给他跪下了还不行吗。

我站起身来就往楼下走，一边下楼一边想，他肯定饶不了我，会和我们的领导说这事，不如一了百了，我就想砍他。

等我走到了一楼，没有朝左拐向大门走，而是朝右拐，直接去了厨房，拿了一大一小两把菜刀塞在裤兜里。

当我走出厨房门，看见李沛瑶也跟了下来，正走到楼梯的第二、三阶台阶上。我再次见到他时，心里挺害怕，就不想动手了。

李沛瑶一边朝我走来一边对我说："你怎么还不走？"

我说："我马上就走。"

我快走到楼门口时，听到李沛瑶在背后面大声说："你可要知道后果。"

一听到这话我就急了，从裤兜里掏出那把小点儿的菜刀，转过身来面对着李沛瑶，他见我掏出了刀就厉声喝道："你要行凶吗？"说着一个箭步冲上来夺刀。

我没有想到他敢主动冲上来，被他这突然一下搞蒙了，我们俩人就扭在了一起。李沛瑶的力气还挺大的，我们俩人都在拼命夺刀，我的手被割破了，流出了血，右边的肩章也被李沛瑶扯掉了。

为了保住菜刀不被夺走，我急得胡乱地挥着菜刀。突然菜刀不知碰到了什么地方，刀把儿和刀脱开了，刀也不知飞到什么地方去了，我急忙把手里的刀把儿扔了，又从裤兜里掏出那把大的菜刀。李沛瑶见状又冲了上来，猛地一把把菜刀夺了过去，然后顺手在我头上砍了两刀。砍完这两刀后，李沛瑶握着刀拔腿就朝门外跑。我感到血从头上流出来了，就更加急了，在后面紧紧地追着他。

李沛瑶冲出门外就大声呼救，我生怕被人听到，连忙从身后把他紧紧抱住，向前猛一用力，把他扑倒在地，顺势用力夺回菜刀。

突然间李沛瑶一个翻身，仰面躺在地上，双手在面前和胸前来回抵挡着，我就势骑在了他的身上。这时他的呼救声音一声比一声大。他的呼救声吓得我胆战心惊，我紧张地用左手抵压住他的双手，右手紧握菜刀照他脖子上、脸上乱砍一阵，开始他还挣扎着抵挡、躲闪几下，后来我也不知砍了多少刀，渐渐地他不动了，也不出声了。

随着李沛瑶的身子瘫软了，不再动弹了，我的脑子也慢慢地清醒了，心想，坏了，闯大祸了，我这是在干什么呢，接下去怎么办呢？心中突然涌起一阵恶心的感觉，我慢慢地从李沛瑶的身上爬起身来，突然想起有一次我看到李沛瑶家门厅里有一口暖气井，先把他藏进去再说吧。

我返回李沛瑶家里，把门厅里的地毯掀开，找到暖气井，把井盖打开，再到门外，双手抓住李沛瑶的双脚，把他拖回到屋里，先把他的两只脚塞进井里，再把他整个人塞了进去，然后盖上井盖，铺好地毯，再压上一个纸箱。

隐藏好李沛瑶的尸体，我来到楼外，围着楼转了一圈，找到楼东北角的另一个暖气井，打开井盖，把菜刀扔了进去。

干完这些，我又回到李沛瑶的家，看到一楼地上到处是血，就到二楼的洗手间里拿了个拖把，淋湿水，下楼擦血。地面上的血真挺多的，几下就把拖把染红了，我又到一楼的洗手间里把拖把涮了一遍，继续擦地。

打扫中，我看见地上有一只拖鞋，是李沛瑶穿的，我就把它放进门厅的鞋柜里，还找到了刚才扔掉的小菜刀的把儿，我把它捡起来，揣进裤兜里。胡乱擦完血后，我把拖把也扔进了刚才扔菜刀的暖气井里。

已经快6点了，我在楼外地上找到大衣穿上，拿上枪和子弹袋，跑回李沛瑶家的阳台上拿我的棉鞋，结果拿棉鞋时把子弹袋忘在阳台上了，下楼后，在他家门口穿上棉鞋，急忙到2号哨位交岗。

下一班岗来接哨，我用大衣裹着自己，接哨的战士没有看见我身上有血。我交岗后去还枪，在2号楼遇见从1号哨位下岗的战士，我怕他发现我脸上的血，低着头说："你帮我把枪带回去，我去厕所。"就把枪递给了他。他问我："子弹袋呢？"我说："不知道忘记在什么地方了。"我急忙转身走了。

我又回到李沛瑶家，这次进楼前我把棉鞋脱在了窗户下面，穿着袜子从大门进了楼。找到了我的肩章装进裤兜里，我上楼到洗手间洗了把脸，用毛巾擦了擦，然后就到李沛瑶的卧室里开始翻立柜和床头柜里面的东西。

我从立柜里翻出一件棕色皮衣、一件黑皮衣、一件灰夹克衫、三条灰裤子、三件新的白色衬衫、一双袜子、一条领带、四个领带夹、两块手表、两个戒指、两条项链、两个打火机、四个首饰盒、一个计算器、几袋小零食、三架新旧不一的照相机。我还翻出一个黑色折页式的钱包，里面有大概600块钱，我把钱放进裤兜里。

我看见房间门口放着两个旅行箱，一个是蓝色的，另一个是紫色的，上面贴着"全国人大常委会李沛瑶"的标签，用手一拎发觉是空的，我就把这些东西都塞进两个旅行箱里，一手拎一个下了楼。

走到一楼门口时，我用插在门上的钥匙把楼门从里面反锁上，用力一扯，钥匙包和钥匙断开了，我把钥匙包揣进裤兜里，钥匙还在门上插着。

我拎着两个旅行箱走进了厨房旁的一间屋子，打开窗户，探出身子，看看周围没有人，先把两个旅行箱从窗户伸出去放到屋外，然后我自己跳了出去，穿上棉鞋，拎着箱子就往院墙那边跑。跑到了院墙底下，我刚把一个旅行箱放到墙头上，就发觉有人来了，我赶紧趴在草地上。

来的人是刚接哨的哨兵，他发现了我，让我起来，我央求他说："让我走吧。"他不放我走，让我跟他回队里去。这时又过来一名哨兵，他们两人把我带回队部。路上我们经过一个铁门时，我看机会来了，挣脱他们爬上铁门要逃走，被他们两人从铁门上拉了下来，最后我被带回到了队部。

在队部里，指导员和排长看着我，排长见我浑身是血，就找来干净的衣服和鞋子让我换上。当屋里只剩指导员时，我从裤兜里掏出刚从李沛瑶家偷来的几百块钱塞给他，求他放了我，他不肯收。后来我趁大家不备，从队部逃出，全排的人都来追我，又把我抓了回来。

危险之境　屡不设防

听到这里，我真是唏嘘感慨：一个案件的发生和发展都是太多个可能和巧合组合和推动的，可是在这个震惊中外的重大案件中，任何一个可以阻止案件的因素都没有起到作用，反而是推动案件的因素自始至终都在起着作用，最终酿成了的惨祸。

当李沛瑶听见动静，从卧室里出来发现张金龙时，他并没有意识到张金龙是进来偷东西的，作为长期在警卫战士保护下生活的国家领导人，对警卫战士是高度信任的，绝不会想到警卫战士中也会有"坏人"。如果张金龙能敏锐地意识到这一点，稳住心神，能够心平气和地回答："是的，首长您家的门没有锁好，我进来查看一下。"这样做非但不会酿成惨剧，他还有可能因此而立功受奖。

或者当李沛瑶问张金龙叫什么时，张金龙随口编一个名字蒙混过去，即便转天请李沛瑶辨认，他也未必能从一大群剃成青皮的年轻战士中认出来，最多是认出后将他调离警卫岗位罢了。总之，惨剧也不会发生。

但是这一切却都没有发生，对于一个19岁的青年人来说，做贼心虚，自己先慌了神，暴露了偷盗意图。

再设想，如果李沛瑶让张金龙离开后，自己没有跟下楼，而是迅速地躲进一间屋子里，紧锁房门，无论能不能及时地电话报警，都会保全自己的性命。再退一步说，即使跟张金龙下楼，不说"可要知道后果"之类的带有威胁的话，也不会激怒张金龙，等到张金龙离开后再作计较不迟。虽然这些都是后话，但是这血淋淋的教训告诉我们：如何在危急情况下妥善地应对，避免自己受到伤害，不仅是老百姓面临的问题，也是高层领导人应该知晓的。我觉得，也应该给领导人上上自我保护的课程，但在当时的历史条件下，可不是一件容易的事。

其实任何事情的发生和发展都不是偶然的。张金龙说：

> 当了一年新兵，受了一年约束，老兵们退役后，自己终于成了老兵，跟部队领导也混熟了，思想上就放松起来，谁也不放在眼里，感到自己无论干什么都没有人敢管了。一次副班长批评我，我就想动手打他，胆子越来越大，真是什么事情都敢干了。
>
> 站岗时间久了，我发现别的首长出门和回来都是前呼后拥的，只有李沛瑶时常一个人出出进进，每次回来警卫把他送到家门口就走了，对李沛瑶的事也不怎么管。我暗中观察，觉得李沛瑶这个人不错，一个人在家住，家里没有警卫也没有保姆，买菜

做饭都是自己干，连垃圾都是他自己出来倒。

今年元旦过后，一次我站早上4点到6点的岗，在哨位上站着感到挺没意思的，就想起以前曾见过李沛瑶家养了一只懒猴，是一种能在家里养的小猴子，我觉得他家肯定有很多好玩的，就想到他家去偷些好玩的东西，开始时还真没有偷钱的想法。我蹬着他家的窗户爬上阳台，觉得挺容易的。进屋看见李沛瑶正在睡觉，呼噜打得特别响，连我进屋他都一直没醒。

我从床头柜上台灯旁边偷了一块手表。虽说开始没想偷钱，后来看见他家的钱就放在明处，忍不住还是偷了，出来一数1950元，还偷了一个打火机。在楼上偷了一件上衣和一条裤子，从楼下挂着的衣服口袋里偷了一个BP机，从冰箱里偷了20个胶卷。下岗之后，我觉得手表的黑皮表带太旧了，就在北太平庄一个小商店门口的个体摊上花15块钱换了一条新的黑皮表带，再到北太平庄邮局把手表给我爸寄去了，写信告诉他说是我花钱买的。

事后李沛瑶没有声张，也就没有人知道。有了这第一次后，我又利用站岗的机会，爬进去过一次，偷走了一个索尼牌的"随身听"，和与它配套的小音箱，还有其他一些小东西。

有一次我站白天的岗，在哨位上待着没事，就到处溜达，转到李沛瑶家的11号楼门前时，我从屋外看见门厅里有一个暖气井，有人正在维修暖气，当时他的警卫也在，我连忙问他，需不需要我帮忙，那个警卫说不用了，我就走开了。这样我知道他家的门厅里有一个暖气井，后来就把李沛瑶的尸体藏在里面了。

张金龙最后说道：

第一次偷东西之后，就又想偷第二次，第三次，真的，做了这些事，自己也特别后悔，爸妈养我这么大不容易，我能参军费了好大的事，非常不容易，我已经快要退役了，却干了这样的事情。这件事的影响挺大的，给武警部队带来的影响一定是挺坏的。

听着张金龙轻描淡写地说着，我们内心中一阵阵紧张，试想，国家领导人在戒备森严的自家睡榻之上安睡，竟有一名犯罪分子在他的家中肆无忌惮地干着盗窃的犯罪勾当，这一幕是多么危险和可怕！现在已无法知道是李沛瑶根本不知道家中被盗还是知道了不说，正是因为这一次次"危险的盗窃"没有被揭露出来，也就没有机会采取任何补救措施，最终酿成了惊天大祸。

层层作假　一路通关

这么一个文化程度不高、盗窃成性、劣迹斑斑的犯罪分子，怎样顺利通过入伍的层层关卡混进了武警部队？又怎么能到多名党和国家领导人的居住地来值勤呢？

入伍的第一关是报名关。张金龙要入伍就首先要经过他所在的长治市铁三局居委会和街道办事处的初步审查，并由派出所和原在学校签署政审意见，加盖公章。张金龙的父亲知道自己的儿子无法通过这一关，就花了3000块钱托人找关系，使得张金龙在没有居委会和办事处推荐审查、没有初审表的情况下，顺利通过了应征入伍的第一道关卡。

第二关是文化关。张金龙初中二年级没有上完便辍学在家，在社会上胡混，为了过这一关，张家分了三步走。首先，张金龙的班主任将该校一名1992年毕业生的一直没有领走的初中毕业证给了张金龙。其后，张金龙的父亲涂掉了初中毕业证上的"初"字，用铅字印了一个"高"字盖在上面，又用"消字灵"涂去了原毕业证上的名字，自己用毛笔填写了"张金龙1994年毕业"等字样。最后，当年负责征兵审验毕业证书的两名工作人员在审验时没有履行职责，不辨真伪，在体检表的右上角加盖了征兵办的公章，使张金龙顺利混过了文化审验关。

第三关是体检关。收受张金龙父亲3000元贿赂的那位人武部办公室副主任，亲自带张金龙到体检站体检，遭到拒绝后主动找到人武部长，为张金龙说情，谎称张金龙政审合格，请其安排参加体检。这位人武部长不坚持原则，表示同意。

第四关是政审关。收了张家贿赂的副主任将《综合情况调查表》和《应征入伍公民审查表》违规交给了张金龙的父亲，让他自己填写和办理。这本该由组织派专人调查并填写的。

对张家来说，这样一切就都好办了。张金龙的父亲顺利搞定了学校、居委会、单位、派出所的公章。

第五关是复审关。按照规定，要对应征入伍的人员进行复审走访，这次又是那位收钱的副主任帮的忙，他自己带着武警部队北京支队接兵人员亲自复审走访。走访期间，他们不但违反规定，乘坐张金龙父亲租来的汽车，还接受了张金龙父亲的宴请，最后这位副主任在张金龙的审查表上签署了"审查合格"的意见，并且加盖了征兵办公室的政审专用章。公安机关派到征兵办公室负责政审的政保副科长不但没有发现一系列造假，而且也没有发现张金龙入伍前九次偷盗的严重问题。张金龙就这样混过了政审和复审这极其重要的两道关卡。

第六关是定兵关。预定和终定入伍人员是征兵过程中最后的两个决定性关口，直接决定着能否入伍。在这个关键环节上，那位收受张家贿赂的副主任再次出马，不断鼓噪，人武部长不仅在私下表示同意，在定兵会议上，亲自拍板定兵，批准张金龙入伍，为张金龙混入武警部队再开绿灯，使他混过了应征入伍的最后一道关卡。

由于这些经办人员有章不循，徇情办事，滥用权力，甚至收受贿赂，吃吃喝喝，严重违法违纪，使张金龙混入武警队伍，最终造成了严重后果。在充分调查取证的基础上，最后对收受贿赂的人武部办公室副主任、市人武部长、派出所内勤人员和张金龙父亲张俊有追究刑事责任，其他涉案人员也视情节受到党纪和行政处分。

铁证如山　精益求精

侦查办案往往是这样，虽然有些案件极其重大，性质极为恶劣，但是由于情节并不曲折，侦查过程并不复杂，在各方面的高度重视下，很快就获取了大量人证、物证，查明李沛瑶是在住所内被哨兵张金龙图财杀害的。

我们看着李沛瑶家高高的阳台，虽然阳台下的墙上有明显的黑色鞋底的蹬踏攀爬痕迹，但是对照张金龙并不健壮的中等身材，他真的能爬上去吗？为了办成铁案，确定张金龙真的能从这里爬上去，我们进行了现场实验。

侦查中经常用到现场实验，主要是在模拟案件发生时完全相同条件下，验证能不能听到、看到、做到等一系列的主观感受和完成动作的可能性。

我们找来一位和张金龙年龄、身高、体重、发育、入伍时间和训练基本相当的武警战士，不借助任何攀登工具，从张金龙供述和攀爬痕迹所示往阳台上攀爬。实验证明，从李沛瑶家沿着墙徒手攀爬到二楼阳台上是可以完成的。实验完毕，我问这个小战士："这么高这么陡的墙，又没有什么可抓的，可踩的，你是怎么爬上去的？"战士把头一昂，不屑一顾地回答我说："我们练的就是这个。"一句简单的话，我们无话可说。

部里分管刑侦工作的领导对案件的侦办过程表示满意，对已掌握的全部证据也没有表示质疑和补充，还指示我们说，前一个王宝森案，重点是自杀还是他杀，一定要把这个弄清楚，才能办成经得住历史考验的铁案。李沛瑶被害案，重点是张金龙一个人所为还是另有同伙，必须把这个弄清楚才能结案。我们办案人员对此早有准备，不管是现场发现的作案痕迹，还是调查的张金龙的交往关系、家庭和社会关系，其证据均明确指向张金龙是利用值勤期间，单独作案。

在后来呈报几位中央领导同志的报告中，除了简述了公安机关的工作过程和张金龙的主要犯罪事实，还补充了几点认定张金龙作案的主要依据。如，藏匿李沛瑶同志遗体的暖气井口上压着的纸箱上有两枚血指纹，分别系张金龙左手中指和右手食指所留，是张金龙搬动纸箱掩盖藏尸的暖气井时留下的；现场遗留的灰尘鞋印系张金龙穿的棉鞋所留，穿袜的血脚印亦系张金龙所留；在家具、卫生间、被翻动和被劫走的物品上发现血迹，经检验系张金龙血迹；现场发现两把沾满血迹的菜刀，经比对认定是杀害李沛瑶同志的凶器，菜刀上除有李沛瑶同志的血迹外，其中一把菜刀上还有张金龙的血迹；张金龙被抓获时，头和双手均有刀伤，并在他所穿武警制服上检验出了李沛瑶同志的血迹等等。

除此之外，我在报告上还陈述了张金龙的家庭情况，以及他小时候在山西曾两次因盗窃自行车受到治安处罚的前科。家庭情况表明他没有任何政治背景，而前科则解释了他集盗窃、抢劫和杀人于一身的胆量和能力。再后面一段是当年他和他的家庭是怎样弄虚作假混入武警队伍的，相关责任人已分别被追究刑事责任和受到党纪政纪处分。因为审阅报告的领导人不是专业人员，所以单从技术上写不行，弄不好还会产生误解。这样完整的表述，相信能解开领导同志对此案的全部思考和疑虑。

消除影响　做好善后

作为建国以来首次国家领导人遇害，案件在海内外引起了轩然大波，爱国人士纷纷表示震惊，对李沛瑶的不幸去世表示哀悼和惋惜，认为李沛瑶不幸遇害不仅是"民革"的重大损失，也是我党统战工作的重大损失，还是国家的重大损失，以李沛瑶的身份和地位，他的逝世对香港的顺利回归以及共产党和台湾国民党的谈判造成重大影响。

李沛瑶同志1933年6月1日出生于香港，是著名爱国将领、民主革命家、中国国民党革命委员会创始人李济深先生的第五个儿子，自小就受父亲的熏陶，特殊的家庭背景影响了他的一生。在父亲的支持下，他并没有走官场老路，而是报考了清华大学航空系，想成为掌握现代科学知识的新中国建设者。随着80年代改革大幕的拉开，加上与民革的渊源，李沛瑶投身政治，一路升迁，1993年3月当选为全国人大常委会副委员长，成为国家领导人。

一些人气愤地说，堂堂国家副委员长被歹徒所杀，实在让人难以理解和接受，反映了北京治安状况极度混乱，特别不应该的是国家安全保卫工作没有做好，中央领导和人大、政协领导人的警卫工作状况令人担忧。

有人公开表示疑问：政治素质这么差的人怎么能招进部队，又怎么能让他担任国家领导人的警卫？一个19岁的武警战士入伍不久就做出这种事，这是部队政治思想工作的重大失败；在商品经济大潮面前，部队应该始终把讲政治放在首位，严格把好政审关。

有人一针见血地说，近年来各级领导并没有真正重视治安工作，社会上弄虚作假的风气给公安工作带来了严重的影响，从上到下搞数字游戏，案件不破不立，一级骗一级，致使上级领导不能正确分析治安形势，决策频频失误。现在不少案件，公安机关只记录一下，根本没有人去查，热衷于各级层层签订治安责任书，硬逼基层单位说假话，通过李沛瑶遇害案件，这血的教训应该引起各级领导对社会治安工作的高度重视了。

由于信息的不公开和情况的不透明，社会上谣言四起，有人散布说，这不是一起刑事案件，而是一起政治谋杀案，在两岸关系正处于敏感的时期，不能排除这是一起海外敌对势力有组织的暗杀行为。有人甚至怀疑是台湾搞台独的李登辉派人来干的——前几天的一个会议发言中，李沛瑶刚刚谴责了李登辉搞台独，借此挑拨共产党和民主党派的关系。还有人说，这是中国高层政治斗争的结果，甚至猜测李沛瑶与陈希同是不是一伙的，有没有牵连？还有少数人借题发挥攻击现行的制度，说"李沛瑶的死是共产党的腐败造成的……民主党派在中央的地位不高，也就是摆摆样子，没有实权，连人身安全都没有保障，现在还讲什么国共合作、台湾统一、参政议政"。

李沛瑶遇害后，他的亲属非常震惊，由于他的许多亲属侨居美国，中国驻洛杉矶总领事馆及时用特急电传转发来了他们的信。信中一口气用了六个惊叹号，可见其悲愤之情无以复加。

按照中央领导的指示精神，2月10日，全国人大常委会办公厅在民革中央会议室主持召开向李沛瑶亲属通报会，我们刑事侦查、技术人员在公安部领导的带领下参加通报会。进场后，我们知趣地在会场最外边一圈找了个旮旯坐下来。部领导见状，把我叫过去，让我坐在离他最近的地方。我的正前方正好是中央的一把空椅子，围着会议桌满满当当地坐了一屋子人，唯独这把椅子还空着。

一会儿，李沛瑶的亲属们身着素服，面色凝重地来了，我一数，一共23位。我早有准备，立即拿出一张白纸，请他们中的一位帮忙写下每位亲属的名字和与李沛瑶的关系，我还记录下了参加会议的各单位领导的姓名和职务，一共是13位。

又过了一会儿，中共中央统战部的一位女领导一阵风似的走了进来，毫不犹豫地坐在那把空椅子上。北京的2月，这位女领导已然穿上了一条长裙子，这在满会议室的男性官员们面前显得特别显眼。

北京市公安局的领导先详细介绍了侦破工作中现场勘查、技术检验鉴定、现场调查走访和审讯案犯等情况，亲属们都默不作声地听着，听到骇人听闻的地方，几位老年女性亲属在低声抽泣，可以想象他们的心情是何等的沉痛，但是他们强压悲痛，依然彬彬有礼地认真听完了介绍。他们其中的一位代表全体亲属，提出了一些问题。

比如，张金龙作案时，为什么其他值勤岗哨没有听到李沛瑶副委员长的呼救声？有没有流动哨？流动哨是不是在流动巡逻？邻居们有没有听到呼救声？李沛瑶同志遗体到底是何时发现的？一般犯罪分子为盗窃而来应该选择家中无人的时候进去，为什么张金龙几次入室行窃，李家均有人，他的真实目的是什么？张金龙值勤时作案，他一个人杀人、盗窃的全过程大概需要多长时间？是开灯作案还是没有开灯？张金龙盗窃被李沛瑶发现后，已经答应放他走了，他应该赶快离开，但他非但没有走，反而行凶杀人，杀人后应该尽快逃离现场，但他却从容行窃，甚至还将李沛瑶副委员长的遗体拖回隐藏，这一过程令人无法理解。

张金龙的津贴不多，家庭经济情况也不是很好，他买的许多东西明显超过了他的实际收入，在战士中会表现出来，部队上是否注意到了这一点？张金龙有盗窃前科，当兵时何以政审合格？……

面对亲属代表提出的诸多问题，公安部的领导让我来解答，我责无旁贷地站起来，依据侦查和技术获得的线索和证据，慢慢地进行着说明和解答，尽量把专业用语讲得清晰易懂，有时家属还追问几句，我也都一一作答。最后我跟亲属们讲道："我们是专业干这项工作的，您想到的我们也都想到了，您没有想到的，我们也都想到了。"亲属们听了这话，安下心来。

其间，统战部女领导还转过身来，看着我，插话道："这回才把事情彻底说清楚了。"我们公安部的领导马上说："这是我们公安部的博士。"统战部女领导赞许地点点头，慢慢地回过身去继续听我的发言。就这样，直到亲属们表示没有新的问题为止，我才坐了下来。会议一直开到晚上七点多钟才结束，经过这场考验，我的心才彻底地放回肚里。

终极伏法　告慰逝者

1996 年 5 月 2 日，杀害全国人大常委会副委员长李沛瑶的凶手张金龙，经北京市第一中级人民法院和北京市高级人民法院一、二审审理终结，被依法判处死刑，执行枪决。

法庭认为：张金龙以非法占有他人财产为目的，多次入室盗窃，数额特别巨大；罪行败露后又故意杀人，犯罪性质极为恶劣，手段凶残，应依法予以严惩。依照《中华人民共和国刑法》和全国人大常委会《关于迅速审判严重危害社会治安的犯罪分子的程序的决定》的规定，以故意杀人罪，判处死刑，剥夺政治权利终身；以抢劫罪，判处无期徒刑，剥夺政治权利终身；以盗窃罪，判处有期徒刑 15 年，剥夺政治权利三年。三罪并罚，决定执行死刑，剥夺政治权利终身。

2 月 2 日杀了人，三个月后就被终审判处死刑并执行了死刑，这是我办的案件中最快的了。在我的印象里，一般从破案抓到人开始到执行死刑要一年半的时间，快的也要一年，可见此案的办理力度有多大了。不管怎么说，到此这个惊天大案总算是画上了句号。

法国琐事

影和小说中常说的"红色通缉令"准确地说应该是"红色通报",用于请求逮捕、羁押并递交犯罪嫌疑人。跟我的工作直接有关的是"黄色通报"和"黑色通报"。

国际刑警组织的总秘书处大楼坐落在法国里昂市的罗纳河畔，离市中心大约三公里，周围绿树掩映，安静优雅。1989 年以前，总秘书处位于法国巴黎的远郊，后来发生了一次小的爆炸袭击，虽然并没有什么实质性的伤亡，只是毁坏了建筑物外面的小树林，但是出于保护敏感国际组织的考虑，当然也不愿意殃及巴黎的安全，总秘书处迁址里昂。

总秘书处大楼是一幢灰褐色的五层立方形内天井式大楼，外面是大理石和玻璃幕墙，楼顶上密布着各式各样的天线，一看就是须臾不断地与外界联系的机构。大楼地下室是车库和印刷厂等辅助设施，在数字时代以前，总秘书处每年要印刷三十多吨重的纸质文件。

办公室的故事

我到国际刑警组织工作前，没有经过任何培训，今天还在国内工作，明天就要到总秘书处报到，国内环境和国际环境差别很大，开始时实在不摸门。报到当天，人力资源部给我一本厚厚的手册，里面写明了工作人员应遵守的各项规章制度，以及应享有的各种权利。西方在制度和规章的设计上基于"人没有自觉性"，穷尽人的各种劣性，设计出最严密的制度和规章，但是在执行上，却是按照"每个人都会自觉遵守"，在西方的逻辑中，每个人都没有任何道理不遵守制度和规章。

在总秘书处上班，着装是有明确规定的，如果没有按照规定着装，不过三天，你的电脑里就会收到行政部门的邮件：我们是国际组织，依靠各成员国的会费运行，每天大楼里都有许多成员国的参观者或是参会代表，每位工作人员的形象就是组织的形象；现在向你重申本组织的着装规定：男性工作人员在大楼内一律穿着西装和衬衫，系领带，穿深色皮鞋，室内或夏季可着衬衫，系领带，任何休闲服装，如T恤、夹克衫、牛仔裤、短裤、运动鞋、凉鞋、拖鞋均不被本组织所接受。

曾经有一次，我的中国同事老朱急匆匆来到我的办公室，说今天早上走得匆忙，他忘系领带了，一会儿还要开会。我赶紧把领带解下来借给他。结果，这一天，我感到非常别扭，其他人都问我为什么没系领带；别看只是少了一条领带，结果是整个人失去了自信——人家都衣着整齐，扎着领带，而我却和大家不一样。

此后，我专门把一条领带和一件西装上衣放在办公室备用。每年两次执委会开会聚餐，秘书长和执委们挨桌敬酒，别管是什么季节，必须西装领带出席。每年春天和深秋新酒上市时总秘书处都要举行酒会，酒会的通知里明确说可着便装参加，大家才敢脱去一本正经的西装，平时一起工作的女士们也都会穿上高雅性感的晚礼服。

刚到总秘书处上班时，最怕的就是接电话。国际刑警组织有198个成员国，遍布世界。虽说我外语还不错，但要是说起各国的英文名字就说不出多少，要是说起各国首都的英文名字就更少了。有的国家更是情况复杂，比如，荷兰首都是阿姆斯特丹，但中央政府却在海牙；南非有三个首都等。人家成员国电话打过来，张口就说我是谁、哪个国家的，或是说国际刑警某某国家中心局，有些我听都没有听说过，更不要说弄清楚是哪个国家了。

开始时，电话铃一响我就特别紧张，在国内学的词儿全都不好使了。为了不误事，我先把我的语速降下来，对方倒也客气，谁都知道国际组织的人来自世界各地，英语不好可以理解，对方的语速马上也变慢，吐字变清晰，不连音了。只要没听懂，我就直截了当地请对方再说一遍。还有一招儿，就是把对方说的话重复一遍，不时地请对方确认我的理解对不对，对方一定配合，因为对方也怕误事。

咱们中国人最不缺的能力就是学习，我很快找来一张英文版的世界地图，挂在办公室里，没事儿就趴在上面一个地方一个地方地记，还按照咱们中国人的学习习惯，把各洲、各国、各国首都一一列表，经过了八九个月的努力，这关才算过去。

语言不过关真有惹祸的时候。有位亚洲某国来的警官，级别很高，年岁自然也就比较大。他的英文水平实在不敢恭维，我们平常与他交谈都挺困难的。一次他在指挥中心值夜班，一个成员国来电话请求帮助，他没有听懂，稀里糊涂地把人家对付过去，结果第二天一早，马上被投诉。这位警官的语言能力不行，但是主观上并没有过错，总秘书处没有办法，只是以后不再安排他值班了。没过多久，他就要求国家把他调回了。

红色通缉令

向各成员国发布国际通报，是国际刑警组织总秘书处的重要职责之一。电影和小说中常说的"红色通缉令"，准确地说应该是"红色通报"。红色通报用于请求逮捕、羁押并递交犯罪嫌疑人，成员国接到红色通报后，如在其境内发现应予以逮捕，并递交给通报的请求国。但是红色通报也不是威力无边，能不能起作用全看这个国家买不买账，

担任国际刑警组织法庭科学大会组委会委员后，首次在总秘书处留影（1994）。

如果不认这个红色通报，死活不帮忙，国际刑警组织也没有办法。

负责编发红色通报的是一位漂亮的法国女警察，和我同属警务行动支援部门，彼此间渐渐熟悉，我还送过她几件中国小礼物。

20世纪末我国东南沿海地区发生的建国以来最大走私案件的主要犯罪嫌疑人，出逃到北美后，国内来电话要求立即协调，以最快的速度发出红色通报。按照国际刑警组织章程的规定：秘书处工作人员不得请求或接受本组织以外的任何政府或当局的指示，但是我们在总秘书处工作，当然要配合国内打击犯罪，再说这也不影响什么。

我到她的办公室，看见一大堆等着发送的来自各国的红色通报，她见我急着进来，知道有事，便拿起水杯到办公室门口去喝水。我也不客气，赶紧在这堆通报中找到中国的这份。

按照国际刑警组织的要求，发出的红色通报应包括嫌疑人的姓名、性别、出生日期及地点、父母姓名、个人身份证件、体貌特征、正面或侧面照片及指纹、犯罪事实、所触犯的法律条款及可能判处的徒刑、本国通缉令等。我赶紧检查一遍，项目齐全。我也没说话，默默地把这份资料从最后面移到了最前面。女警在门口只说了一句话：我可什么都没有看见。

很顺利，红色通报当天就发出了，但是抓获犯罪嫌疑人并押解回国，却拖了十几年。

还有一次，我国华东某省建设厅的一位"女贪官"外逃，国内指示尽快发出红色通报。我本想故技重演，结果发现国内的请求上连她的护照号码、照片都没有，这叫人家怎么抓。这应该不是一般的疏漏，我就没好意思"加塞儿"。

我赶紧回办公室抓起电话，请示国内火速补充信息，却一直没有答复。急着要求发通报，自己的信息却不全，说浅了，是不专业，说深了，就不知为什么了。

国际刑警组织还有几种通报，"蓝色通报"是协查通报，主要用于查询收集有关人员的身份、居住地、体表特征、犯罪前科等信息，也可以要求帮助查找嫌疑人。"绿色通报"是犯罪嫌疑通报，主要是通报跨国犯罪分子的情况，提醒各成员国严加预防，可以监控、防止其进行犯罪活动造成危害，但是如果没有卷入犯罪不必逮捕。"白色通报"是查找失窃物品，比如珍贵文物、艺术品、宗教品、豪车等。"紫色通报"用于向各成员国通报最新的或特殊的犯罪手段。

各样通报中，跟我的工作直接有关的是"黄色通报"和"黑色通报"。黄色通报用于查找失踪者，黑色通报用于提供不明身份的尸体信息。每年这样的通报大约发出几十份，最多也就是一二百份，与全世界的失踪者和无名尸比起来，实在是太少了，不过，这些失踪者和无名尸体都是跨国家的，各成员国国内的不算。

"诈"弹惹风波

国际刑警组织以打击犯罪为天职，在国际上享有很高的声望，所以时常被各种别有用心的人锁定为袭击目标。

记得那是 2001 年 6 月 25 日上午 11 时 5 分，总秘书处的午饭时间是中午 1 点，距离吃饭还有一段时间，老朱到我办公室聊了几句，就又回去工作了。

他刚刚离开，天花板上的喇叭里突然传出像青蛙一样的"哇哇"叫声，并不响亮，但让人有一种说不出来的不舒服感。同办公室的德国女警说，是警报响，咱们赶快离开。路过隔壁办公室时，一个老美还在里面坚持工作，我走进去，冲他喊道：警报响了，赶快走吧！他依旧盯着电脑屏幕，笑眯眯地一边打字一边对我说：这是演习，没事。

电梯已自动停驶，我从楼梯飞奔下楼，突然想起老朱，就跑到二楼冲进老朱的办公室里，一看老朱同志早已逃之夭夭。

到了楼外空地上，大家停下脚步，相互调侃着。有的说这是索马里恐怖分子搞的鬼，有的说这是朝鲜派人来干的；还有的说是伊朗人干的；这个说，你们情报部门怎么没有事先截获情报，那个说，你们行动部门这会儿应该待在楼里面。6月下旬的里昂已经挺热了，大家拥挤在树荫下，说说笑笑地等待着警报解除。

总秘书处的官员大部分是警察，大家见怪不怪，以为不是演习就是警报出了故障，等出了大门，才意识到事态的严重。周围街道上停满了警车、警用摩托车，旁边站着身着各种不同制服的警察，相当大的范围内已被戒严封锁，旁边的金头公园、电影院和博物馆也都紧急关门，游人和观众已被疏散。

一会儿，来人通知说，大楼里发现了可疑物品，办公大楼将被管制，全体人员可以回家。出于警察的职业嗅觉，这种机会实在难得，岂能就这么完了，我和老朱约好下午晚些时间再回大楼看看。

差一刻四点，我们俩人悄悄地走进大楼。一向熙熙攘攘的大楼里，这会儿空空荡荡的，一点声音都没有，我们的脚步声显得格外响亮，连说话声音都带着回音，真让人有点毛骨悚然。正想四处看看，迎面来了总秘书处的行政主管塔萨先生。

他说，22日上个星期五，总秘书处收到一个寄自美国迈阿密的包裹，收件人是"国际刑警组织秘书长肯德尔先生或其继任"，因秘书长出差，包裹就存放在了邮件室，没有拆开。这几天特别热，今天上午发现这个包裹发出异味，怀疑是危险物品，特别担心是生化武器。我们大着胆子到办公室匆匆看了一眼，赶紧离开了这个瘆人的地方。

第二天，总秘书处向全体人员发出邮件，说明情况，事件处理完毕，没有危险了。原来，寄件人是个美国中年男性，他承认是自己搞的恶作剧。几年前，他曾想在总秘书处谋得一份工作，但没有成功，便怀恨在心。多年以后，他用粪便制作了包裹投寄过来，由于已经过去了好几年，他不清楚当时的秘书长肯德尔是不是还在位，就在收件人一栏中加上了"或其继任"。实验室检测结果完全证实了这名恶作剧男子的话。

第二天，法国媒体报道了这事，因国际刑警组织的特殊性，在社会上引起了一些反应。总秘书处强调，虽为一场虚惊，但表明针对国际刑警组织的危害活动确实存在，告诫全体人员务必注意自身安全，按照相关条款，总秘书处工作人员必须购买人身保险。我们没有保险，赶紧向国内写报告，但国内一直没有批准我们购买保险；总秘书处逐人核实购买保险的情况时，我们只能推说国内为警察统一购买了。

分外破大案

近年来，在欧洲涉及中国人的案件越来越多，外国警方侦办时，常因语言不通，无法沟通，有的嫌疑人明明已在欧洲生活多年，遇到事了，还推说自己不会外语，弄得警察一筹莫展。虽然我个人是刑警，但就我在总秘书处的岗位职责来说，并没有协助办案这一项，因此这项成了我分外的工作。

我们部门里有位奥地利警官，叫舒尔兹，这家伙能力很强，聪明过人，从警多年，工作出色，名气也很大，平时不苟言笑，不太好接触。我协助他筹建总秘书处 DNA 数据库，一直是小心翼翼的。

一天，他接到奥地利警察的通报，说在维也纳发生一起凶杀案，聚居的中国人间起了纠纷，一人被杀，凶手把尸体藏于床下，逃走了。

调查中，奥地利警察向周围的中国人了解情况，有一位女士提供了被害人在中国的家庭电话，可是总是无法接通。舒尔兹请我帮忙试试，并明确说，打国际长途的费用算他的。在总秘书处里，每个人的电话都可以拨打国际长途，每月有额度，超过了要写备忘录，说明理由，大家都尽量不超额，所以才有了请我帮忙、额度算他的一说。

我拿过电话号码来一看，国家代码是对的，区位号码也是对的，这的确是中国电话，心想这还不容易吗。随手拨过去，那边一点回音也没有，再试一次，还是这样。

我踏下心来，仔细研究电话号码，区位号是 775，广西玉林，不过，好像没有多少广西人到欧洲、到奥地利去谋生活。到欧洲来的，最多是浙江人，温州的区位号码 577，与 775 很接近。再仔细看，当时全国地级市中只有温州的电话号码升为 8 位数，而这个电话就是 8 位数，我判断这个电话号码很可能是浙江温州的，就把 775 变成了 577 再试试。

一拨过去，正好就是死者家。家属已从老乡嘴中隐约听到了出事的消息，但一直没有得到正式通知，正守在电话边等着。我把情况核实一遍，那边顿时号啕大哭。

我十分老道地告诉舒尔兹，这些中国人怕惹恼黑道上的人，不敢配合警察调查；但是又不敢明着得罪警察，怕警察追究他们的身份。所以配合不是，不配合也不是，提供的情况多半是半真半假。这位女士可能是故意颠倒了电话号码，所以你们找不到。如果以后发现号码错了，她可以推说外语不好，说错了，你们拿她没办法。

舒尔兹很是佩服，马上打电话告诉奥地利警方，那边立即发来一份调查提纲，要我继续向被害人家里了解情况。这次通电话的时间就长了，我告诉舒尔兹，这回的电话额度可真要算他的了。

我足足用了四个多小时，才把提纲上的问题全部弄清楚，再翻译成英文。舒尔兹一直陪着我，虽然已是半夜，我们俩人非常高兴。舒尔兹不知从什么地方弄来一瓶酒，我们就在办公室里你一杯我一杯地庆祝起来——要知道，总秘书处是禁止在办公室里喝酒的！不过，工作到这么晚，结果又是这么好，晚饭都没有吃，情有可原，下不为例。

满脸兴奋的舒尔兹指着他桌子上的奥地利国旗对我说，这是我们奥地利国旗，我们的国旗比美国的好，比德国的好，也比你们中国的好。

我不解地问，为什么这么说呢？

他说，你看，我们奥地利国旗是上下两条红色，中间夹着一条白色，这样我们奥地利人喝多了以后，不会把国旗挂倒了。

原来这个家伙也挺开心的。

我与世界杯

"9·11"发生以后，总秘书处成立了指挥中心，全天24小时值班，要求值班人员一只眼睛要盯着新建成的I-24/7全球智能化通讯和信息处理系统（I表示信息，24表示每天24小时，7表示每周7天不间断）的屏幕，另一只眼睛要盯着CNN电视新闻频道。因为他们认为一些媒体对突发事件的报道比警察更快，CNN号称世界上任何地方发生重大事件后15分钟就能播报。后来法国警察不干了，他们说法国电视台的报道也很快，为什么只看美国电视，结果指挥中心里又多了一台永远固定在法国新闻频道的电视。人只有两只眼，同时盯着电视和电脑就够不容易的了，又多了一台，到哪儿去找那个第三只眼呢。

2002年年中，韩国和日本联合举办第十七届世界杯足球赛，开幕式在韩国，6月30日的闭幕式在日本。闭幕式那天是周日，正好我值班。我照例用两只眼睛盯着三个屏幕，突然某成员国连续向指挥中心紧急报告——据他们获得的可靠情报，有人要用火箭弹袭击其足球队乘坐的飞机。

"9·11"后，各国空前重视反恐，对这类情报宁可信其有，不敢信其无。我一面向警务行动处长罗布彤报告，一面带领当值人员迅速开展工作，指挥中心顿时忙碌起来。

总秘书处的人到法国以外地区出差时，可以领到一个手机，号称无论到世界上任何地方都能保持通讯畅通。我抓起电话直接拨通了派到东道国的现场协调员。协调员接到电话很兴奋，为防止泄密，我连忙让他换用固定电话，我又打了过去。我请他立即与日本和当事国紧急协调：迅速转移足球队到秘密备用地点、安排球队换乘私人专机、严格审查球队及随行人员、对飞机和全部行李再次严格安检、秘密重新制定飞行路线、起飞时间要保持绝密、原机场上的欢送队伍和安保级别保持不变、临时变换目的地的降落机场、落地后迅即秘密转移球队、原定降落机场上欢迎队伍和安保级别原地不变。我一口气把当时能想到的全说了，最后我们约定了通报飞机起飞的暗号。

飞机秘密地起飞了，我坐在指挥中心里，心里嘀咕着，忙乎了半天，也不知这些招儿灵不灵，更不知这情报到底是真是假，第一次感到心系上百人安危的沉重感。一个小时后，电视里没见到飞机掉下来，估计不会出事了，因为火箭弹打不到一万米高空，我放下心来。

从起飞到降落大约需要十个小时，降落前一小时也是最容易受到攻击的危险时刻。我算好时间，不敢有丝毫懈怠，时刻保持着与这个国家警方的联系，直到接到飞机平安着陆的电话。

我在电话里追问他们这个情报的真假，他们一口咬定绝对是真的，然后话题一转就是一通感谢，说代表他们国家警方，高度赞赏国际刑警组织的果断和妥善处置，就不再提情报的事了。

处长罗布彤不放心，还是从家里赶了过来，飞机已平安落地。我把整个事件的处置过程向他作了汇报，他很满意，高兴地拍着我的肩膀说，干得好，很专业；还指示参与值班的文职官员把这次处置过程和各种措施记录下来，形成值班条例，作为国际刑警组织今后处理类似突发事件的规范预案。

告别秘书长

总秘书处对每位官员虽然有年度评估，但是没有任何评比和奖励。我在那里得到的最高奖励，应该是 2001 年 "9·11" 后，我在成员国范围内迅即组织的 24 支能自我保障的死难者个体识别的国际支援队伍，时刻准备开赴美国。事后，时任纽约市长朱立安尼先生给总秘书处发来传真，认为这是真正的实质性国际援助。还有一次是我到爱尔兰参与侦破中国人被杀的案件，结束后爱尔兰警察当局给总秘书处来电，盛赞了我的贡献。秘书长诺布尔分别在这两封来电上批道：All the best. 这也就算是最高奖励了。

细想起来，还有一次，应该也算是真正的奖励。我即将结束任期时接到电话，请我到秘书长办公室。告别的时候到了，我拿了一条从国内带去的海蓝色真丝领带，上面的图案是中国书法，极具民族特色。我把装着领带的扁盒子塞进西装上衣的内兜里，走进秘书长办公室。

秘书长迎上前来，与我握手，然后说：我刚听说你要走了，你在这里工作得很出色，你的专业知识和专业能力都很棒，祝你回国后继续成功。说罢，他让女秘书拿出一条带有国际刑警组织标志的领带送给我。我也拿出我的礼物回赠过去，秘书长哈哈大笑地说了一句：You organized.

秘书长这句话和这条领带，成了我在总秘书处工作的珍贵纪念，因为我们中国人学英语，一提到"准备"就是 prepare，可秘书长用的是 organize，我永远地记住了，"有备而来"。

都柏林泣血

在爱尔兰，为了不饿死，抢钱杀人是可以饶恕的，但是为了满足性欲杀人就是不能饶恕的，爱尔兰的法律更多的是关注活着的人，即使是凶手也是一样。

奉命：启程爱尔兰

我在国际刑警组织总秘书处工作时，同一办公室的是位爱尔兰女警察，叫露丝，三十来岁，没有结婚，人特别善良。她告诉我，她当警察许多年了，就负责一件事，打击儿童色情犯罪，这是她的专业。

欧洲许多国家色情业是合法存在的，但是任何涉及儿童的色情活动都是要被绝对禁止的，对成人来说，他们有成熟的心智和理性的判断能力，不论男女，能掌控自己对色情的态度。而对于儿童来说，他们是弱势群体，身心成长的过程是需要特殊保护的，所以法律要严格保护他们。

后来国际刑警组织总秘书处建立了一个儿童色情犯罪的信息中心，电脑中全是儿童色情信息和千奇百怪的色情照片。中心是绝密的，露丝是为数不多的能进入和在那里工作的警官之一。有一次她曾友好地请我进去长长见识，我想还是不要惹这个麻烦吧。

2001年3月中旬的一天，露丝对我说，两名中国留学生在爱尔兰首都都柏林被杀死了。爱尔兰是个天主教国家，杀人案件极少，两人被杀，更是少见，是都柏林甚至爱尔兰历史上极为罕见和凶残的凶杀案，震惊社会。露丝说，爱尔兰警方和她联系，希望能请国际刑警组织派出一名懂中文的警官，前往都柏林协助办案，并担任翻译。露丝问我愿不愿意去，我说，中国人遇害，我们中国警察责无旁贷。

经过向国内请示、国际刑警组织批准，以及一系列的安排，我于3月21日到达了爱尔兰首都都柏林，迎面一个身材高挑、嘴巴上留着两撇胡子、大约四十岁出头的典型西欧男子来接我，他自我介绍说，他叫华莱士，是都柏林市七区警察局负责侦查的督察官。我问他认不认识露丝，他说知道这个人，但是不熟悉，因为露丝在相当于中国的公安部工作，华莱士则属于基层刑侦警察。但是他说，爱尔兰是个小国家，只要有接触，要不了多久大家都会熟悉的。

我下榻在古老的阿灵顿酒店，已经有四五位爱尔兰警探在等我们，中午我们在酒店一同吃过自助餐后，便一同到了七区警察局。局里专门给我配置了一间办公室，开通了一部国际长途电话，让我能方便地与国内联系。

我与专案组见面，负责人叫约翰，个头儿不高，身材略发福，浓眉大眼，长得端端正正。他的职位相当于我们分局的刑侦支队长。约翰向我一一介绍他的几位助手，基本就是中午一同吃饭的那几位。

专案组墙上贴满了视频截图照片，下面写着时间和地点，还有一块白板，画着一幅房屋示意图。约翰开始向我介绍情况。

审查：案情和证据

2001年3月14日凌晨1时，位于都柏林北部七区的国王北街黑厅广场公寓的居民被一声巨响惊醒：该公寓2A号居室爆炸起火。2A对面住家的女主人第一个打开房门跑了出来，在走廊上撞见一个身材矮小的男子，男子吃惊地看了她一眼便仓皇逃走。居民报警几分钟后，消防车、救护车和警车呼啸着接踵而至。由于火势过于凶猛，2A 号房门又反锁着，消防队员费了好大力气才破门而入，将大火扑灭，发现床上有一男一女两具尸体。尸体解剖发现，这两人在起火前已经被勒死，男死者手臂上有绳索捆绑的压痕。火灾调查专家和警方很快就断定：这不是普通的失火，而是一起谋杀纵火灭迹案。都柏林七区警察局正式立案。

现在已经查明的是，男死者名叫岳峰，1981 年 7 月 20 日出生，辽宁人，是都柏林代姆街英语学习中心的学生，主修英语，业余时间在城南的巴林蒂尔酒吧打工贴补零用。女死者名叫刘晴，1981 年 5 月 9 日出生，黑龙江人，是格拉夫顿大街天鹅训练学院的学生，主修英语，业余时间在马拉海德区一家中餐馆里打工。俩人是男女朋友关系，2000 年 3 月先后到都柏林留学并同居。

邻居们反映平时跟这对中国留学生打交道不多，他们也不太跟外人来往，但见到邻居时总是客气地笑着打招呼，特别是女孩子的模样十分可爱。他们所在的学校反映，他们是好学生，坚持每天来上课，从不迟到和旷课，学习成绩也不错。

爱尔兰警察在侦查中发现死者的朋友不多，来往比较多的是一个叫禹杰的。警察提取了公寓楼入口门厅的摄像机记录，录像显示禹杰的活动十分可疑，他的几进几出似乎与死者被害有着某种对应的联系，他也是最后进出死者家的人，此后录像上再也没有出现活着的岳峰和刘晴。这就是那些视频截图显示的内容，提示禹杰有重大作案嫌疑。

约翰把视频截图从墙上摘下来，按照时间顺序一一地摆在我面前。

3 月 12 日下午 5 时 51 分 42 秒，禹杰来到岳峰家楼门口，按门铃，岳峰出来为他打开楼门，两人说笑着并肩走进了岳峰家，此后岳峰再也没有在录像中出现过。

1 个小时后，刘晴回家，用钥匙打开楼门进去，踮起脚尖扒在信箱上看里面有没有信，然后回家，此后刘晴再也没有在录像中出现过。

1小时30分钟后，禹杰独自一人离开岳峰和刘晴的家。

3月13日上午10时，禹杰再次独自来到岳峰和刘晴家楼外，这回他自己掏出钥匙打开楼门。他穿的夹克衫内鼓鼓囊囊的，从没有完全拉上的拉链缝里露出一个塑料瓶口。他用钥匙打开岳峰和刘晴的家门进去了。

1小时30分后，禹杰手里提着一个装有东西的塑料袋子离开，夹克也不鼓了。

3月14日凌晨1时，禹杰再次进入岳峰和刘晴的家，此后不久岳峰和刘晴的家爆炸起火，禹杰从房中逃出，迅速地从楼门逃走，邻居们在走廊里乱作一团。

现场发现了多处血指纹，尤其是岳峰的眼镜上有一枚血指纹，经比对与禹杰的指纹一致。在禹杰住处还发现了岳峰的物品，禹杰解释说是岳峰回中国过春节回来送给他的中国食品。据此爱尔兰警方认定禹杰涉嫌此案。

禹杰，男，1977年11月10日出生，辽宁人，2000年1月以学生身份来爱尔兰，到学校缴费注册后并未上学，在都柏林非法打工，时常出入赌场等地。

情况和主要证据介绍完了，约翰直截了当地问我，认不认为禹杰有犯罪嫌疑。这个案件中，公寓大楼入口处的录像很能说明问题，好像一双眼睛直击了整个作案过程。那时候国内监控录像并不多见，我还是第一次领教监控录像在破案中的直观作用。

我说，岳峰出来给禹杰开门，两人说笑着回家，说明他们原来没有什么矛盾，应该是在并肩走进岳峰家后，两人翻脸，然后岳峰被杀死，禹杰坐等刘晴回来。刘晴回来时，岳峰已经死亡，禹杰再把刘晴杀害。

从刘晴回家，到禹杰离开有一个半小时，应该是刘晴进房间后，没有立即被杀死。结合岳峰手腕上有绳索捆绑的痕迹，说明他们被杀前都有个时间过程，很可能是禹杰讨要什么东西，最大可能就是要钱。

第二天，禹杰冒险回到现场，应该是找东西，说明前一天杀人后，没有太大收获，临走提了个袋子，估计也不会有多少值钱的东西。他衣服里藏的应是助燃剂，准备焚尸灭迹，但是白天人多，不便动手才作罢。

他第三天夜里再来就是焚尸灭迹来了。我估计助燃剂是汽油，禹杰经验不足，以为汽油烧得快，烧得凶，其实汽油遇到明火就会引起瞬间爆燃，连爆带烧一下子就过去了，而不是慢慢地燃烧，反倒没有将尸体完全焚毁。

听我说完，约翰补充说，他们请2A对面的女邻居辨认了这些照片，女邻居一口咬定爆炸起火时走廊上撞见的人就是禹杰。他们已找到了禹杰买汽油的加油站，售货员认定禹杰曾经用塑料瓶到油站买过汽油，警方还拿到了他买汽油的票据存根。爱尔兰警方的调查可以说是丝丝入扣，一环套一环，认定禹杰是这个案子的重大嫌疑人应该是铁板上钉钉了。

我看了这两个年轻人生前的照片和基本信息，岳峰一米八的个子，戴眼镜，瘦瘦的，斯斯文文的。刘晴长得非常漂亮，眉目清秀，皮肤白皙，个头有一米七，照片上的她笑得非常可爱。这两个年轻人就这样命丧他乡了，不由得让我深感惋惜。

调查：悲欢家庭

约翰不客气地给了我一堆活儿，主要是通过电话与死者国内的亲属联系，弄清一些情况。

电话打给岳峰的父亲时，他正沐浴在澳大利亚温暖的阳光里，欣赏着国内卫视台的电视连续剧。他是个生意人，这些年赚了些钱后，与岳峰的妈妈离了婚，又娶了一位太太，生下了小孩，移民到了澳大利亚，现在中国和澳大利亚两边跑。他听到岳峰的死讯非常难过，说随时准备来爱尔兰料理儿子的后事，花多少钱都行，希望我能帮助他。

岳峰2000年第一次去爱尔兰时随身带的三万美元，就是他父亲给的。

电话打给刘晴母亲时，她已是泣不成声。她和刘晴的父亲离婚后再婚，现在听到女儿的死讯虽然心里难过，但是考虑到现在的家庭也不好多说什么，她把她弟弟的电话给了我，让我以后直接找刘晴的舅舅联系。

刘晴的舅舅告诉我，他本人原来当过警察，能扛事儿，有什么事直接与他联系。刘晴家原来住在黑龙江，母亲离婚后带着刘晴到沈阳嫁了人。母亲现在也没有什么固定的工作，原来靠亲戚朋友接济，现在靠丈夫养活。他希望我理解刘晴母亲的处境。辽宁公安机关已和他联系过，正在帮助他办理去爱尔兰处理后事的手续。

我从电话中了解到，岳峰和刘晴在国内时是同学，家庭的变化使他们成了多余的人，两个单亲家庭的孩子很容易就走到一起了，他们高中没有毕业就一同来爱尔兰留学了。

岳峰和刘晴的父母也就是我这个岁数，甚至还没有我的岁数大，可是已经经历了离婚、再婚、丧子／丧女等一系列人生重大变故，我无法体会他们生活的不幸和情感的磨砺，特别是像刘晴母亲那样，根本没有机会和权利表达丧女之痛，更是常人难以承受的。同时，这两个风华正茂、如花似玉的孩子的死虽然不能算在他们的账上，但是他们把自己的生活弄得一团糟是不是也应该有相应的担当呢？

我一直没有能联系上岳峰的生母和刘晴的生父，心中特别惆怅，死去的孩子们也在呼唤他们吧？

电话打得差不多了，我把情况综合一下和约翰进行讨论。我认为禹杰的作案动机极有可能是为了钱，虽然岳峰家中比较富裕，但他们在爱尔兰已生活了一年，学费、生活费、租房费、交通费，三万美元应该花得差不多了，岳峰被害时手里应该没有多少钱了。交往中禹杰知道岳峰的父亲很有钱，他刚从国内过春节回来，他父亲不会不给他钱，所以禹杰误认为岳峰从国内又带回了大笔现金，因此动了抢劫的念头。殊不知2001年春节岳峰的父亲因为生意不顺，并没有给岳峰太多钱，只给了四千美元。岳峰也没再多要，说自己课余时间打点工，也能贴补一下。

作案过程应该是禹杰和岳峰一同进房间后就逼岳峰给他钱，可能开始是借钱，也可能开始就明说是抢，岳峰说自己没有钱，禹杰肯定不相信，认为岳峰成心不给他。两人动手后，禹杰把岳峰捆了起来——凡是杀人前把人捆起来的，都是为了要什么东西，东西还没有到手，一时半会儿不会让被害人死。最后也没有问出钱来，为了灭口，把岳峰杀死。禹杰坐等刘晴回来，再去逼问刘晴，刘晴的回答肯定也是没钱，禹杰又将刘晴杀死。

抓捕：手到擒来

第二天早上，约翰开车接我到专案组，指着白板上的房屋示意图说，今天我们就要去抓捕禹杰了。我看到，房屋示意图上一格一格标示着房间，格子上标着居住者的名字。

这是一幢留学生合住的房子，从名字看，里面住了许多中国留学生，有一男一女合住的，有两男一女合住的，还有几个男的和几个女的合住的。我当时感到十分震惊。

10点时，我们到达现场，我看到几个便衣警察在这个街区的各个角落里时隐时现，他们生怕禹杰跑了，这几天一直有警察悄悄地守在这里。昨天晚上他们又守了一夜。

约翰吹了声短促的口哨，突然从旁边一辆车上跳下几个全副武装的特警，径直朝着禹杰住的房子冲了进去，约翰拔出枪来紧跟着也冲了进去，我见状毫不犹豫地跟了上去。

由于有示意图的指引，我们直奔禹杰的房间，禹杰裹着一条毯子正睡在一张三人沙发靠背后方的地板上——示意图上连这个长沙发都画上了，一个特警上去一下子就把他死死地按住。约翰紧跟着冲上去，手枪的枪口并没有对着禹杰，一字一顿地说：你可以保持沉默，可是你所说的有可能在法庭作为证据。

我一听多么熟悉，这是在国内多少次从电影电视中看到外国警察抓人时说的，我猛地想起我的职责，立即把这段话翻成中文说给禹杰。禹杰早被这个阵式吓蒙了，一时不知说什么好。我赶紧问他，你叫什么名字，他小声回答说，禹杰。我大声地用英语把我的问话和禹杰的回答重复一遍，约翰紧绷的神经才稍微松了一下。

我缓了一口气，看了一眼禹杰，原来只是一个身高一米五几的小个子，人长得又黑又瘦小，岳峰可有一米八呢，不可思议。给禹杰戴上手铐押到车上。

约翰把手枪收起来，拉着我挨个房屋搜索一遍。这个房间里我们惊起了一对裸体鸳鸯，那个房间里又见着了衣着不整的几男几女，他们呆呆地望着我们，不知道发生了什么事情。房间里气味难闻，肮脏不堪，酒瓶乱滚，剩饭剩菜发霉变臭，卫生间里更加龌龊，真是触目惊心——如果他们的父母看到这一切，还会含辛茹苦地支持他们出国吗？

中国学生来爱尔兰，到学校读书的不到两成，更多的学生为换取签证每年会报一所挂名的语言学校，根本不去上课，只是打工挣钱。有的连工也不认真打，整日就是瞎混。枯燥的生活使很多中国学生染上了赌博恶习，一晚上少则输几百爱镑，多的就是几千爱镑。

我和约翰回到车上，禹杰在后排静静地坐着，我在他一侧坐下来，一位年轻的爱尔兰警探在另一侧坐下，约翰开着车，驶回七区警察局。路上我轻声地对禹杰说，你在这里犯了罪，你要很好地和警察合作；爱尔兰是天主教国家，没有死刑，希望你明白。禹杰似懂非懂地点点头。

人押回警察局了，禹杰先接受了一番从外到里的检查，一位留着两撇小胡子的高个子警长负责记录他身体情况和随身物品，我在旁边翻译。禹杰是从睡眠中被抓走的，口袋里除了有盒烟和打火机外，什么也没有。

警长给了我一张纸，上面是要我向禹杰宣布的他的各项权利，比如要不要找律师等。其中有一条，如果被捕的是外国公民，要问他愿不愿意通知其本国的使馆或领事馆；我问禹杰，他毫不犹豫地说"不了"。我从这张纸上还看到了这样的规定：如果被捕的是美国人，无论本人是否同意，一律要通知美国在当地的使馆或领事馆，可见美国对本国人的重视。忙乎了一通后，准备开始讯问了。

讯问：谎话连篇

讯问室很简单，大概十五平方米；房间一侧有一张桌子，两位爱尔兰警察并肩坐在桌子后面，禹杰隔着桌子坐在他们的对面；我坐在桌子的顶端，正好在他们的中间。我的任务就是全程翻译和全程中文记录。在两位爱尔兰警察背后正对着禹杰的地方，装着讯问同步录像录音设备，这个设备是一个镜头，同时录三盘录像带。

负责讯问的是约翰·卡罗尔，是位刑警，高高的个子，脸上留着亚麻色的络腮胡子，两天的工作接触，我与他已经很熟悉了。他走进讯问室，带着塞安·格来那警长作助手。

卡罗尔当着禹杰和我的面拆开三盘录像带的包装，分别塞入同步录音录像设备的三个槽里，他对着镜头说，"现在是 2001 年 3 月 22 日 14 点 57 分，地点是都柏林七区警察局讯问室，我是约翰·卡罗尔，刑事警察，助手是塞安·格来那警长。这位是左芷津，国际刑警组织特种官员。要对涉嫌谋杀案的禹杰进行讯问，现在开始。"然后他转过身来，开始对禹杰讯问。

卡罗尔：你可以保持沉默，不会被强迫要求做什么。你所说的都是你愿意说的，你说的话和回答的问题都将被记录在案，有可能被用作法庭证据。你讲的话也被录音和录像，也可能被用作法庭证据，你听清了没有。

禹杰：嗯。

卡罗尔：你的全名是什么？

禹杰：禹杰。

卡罗尔：请说出你的出生日期。

禹杰：1977 年 11 月 10 日。

卡罗尔：你明白被捕的原因吗？

禹杰：我知道，是因为你们告诉了我，说我杀了人。

卡罗尔：我们正在调查岳峰和刘晴被杀案。

禹杰：是。

卡罗尔：请你说出你所知道的有关这个案件的全部情况。

禹杰：我知道的我已经全部告诉你们了。

卡罗尔：你在爱尔兰住多久了？

禹杰：十四个月。

卡罗尔：3 月 13 日，你去没去过 USIT（一家房屋中介公司）。

禹杰：去过。

卡罗尔：什么时间去的？

禹杰：下午两三点钟。

卡罗尔：你去的时候穿什么衣服？

禹杰：蓝夹克。

卡罗尔：请你说出全身的衣服。

禹杰：还有灰色的棒球帽，黑牛仔裤，白色运动鞋。

卡罗尔：你手里提着什么东西？

禹杰：不记得了，好像没有提什么东西。

卡罗尔：请再确认一下是不是空着手去的。

禹杰：在我的记忆中，我是空手去的，也许是拿着什么东西去的。

卡罗尔：你最后一次去岳峰和刘晴家是什么时间。

禹杰：我已说过了，我不愿再说了。

卡罗尔：你为什么不愿再说了？

禹杰：因为我说得太多了。

卡罗尔：请说出最后一次见到岳峰的时间。

禹杰：我不想再说了，因为我已回答过许多次了，律师告诉我不要说太多。

卡罗尔：请你说一下3月12日的活动情况。

禹杰：我不愿再说什么，第一，我到这里是为了打工挣钱，与其他来读书的不一样，我白天晚上都要干活，非常紧张，我没有严格的时间概念，有些时间说不准。第二，以前你们已经问过我这些问题，我也回答了，你们也记录了，我不愿意再确认什么，你们把我关在这里12小时以后，再要问问题请去找我的律师，律师让我怎样回答我就怎样回答。

卡罗尔：你过去有岳峰和刘晴家的钥匙吗？

禹杰：没有。

卡罗尔：现在有吗？

禹杰：没有。我不愿再说什么了。过去我是协助你们调查，现在你们说我是杀人犯，如果你们硬说我是杀人犯，还出示了什么证据，我也没有办法。你们要的情况过去我都说过了，我不愿再说了。今天你们把我抓来，这里所有中国人都知道我是杀人犯，以后我在这里怎么待下去。你们不能确定我是杀人犯，我就要与你们打官司，咱们到法庭上去说理。

卡罗尔：（对着摄像镜头说）出示在 USIT 拍的照片。（对禹杰说）那是谁？

禹杰：是我。

卡罗尔：这些照片都是 USIT 中的监控录像机拍下的，时间是 3 月 13 日中午 12 时，编号为 YU1、YU2、YU3、YU4、YU5、YU6、YU7、YU8，这上面的人是你吗？

禹杰：是我。

卡罗尔：你手上提的包里是什么东西？

禹杰：我记不清了。包里是我在麦当劳穿的工作服，上衣和裤子，都是绿色的。那天我先到一家房屋中介公司，我想换住房，公司给我一些资料，我把它们放进包里，后来我到了 USIT，然后我去麦当劳放下包，就到市中心去了。

卡罗尔：这些 USIT 内拍的照片中的人都是你吗？

禹杰：是的，这些照片都是我。

卡罗尔：这张编号 YU9 的照片中是你吗？

禹杰：是我。

卡罗尔：这张编号 YU10 的照片是你吗？

禹杰：这和 YU9 是同一张照片。

卡罗尔：刚才最后看到的 YU9 和 YU10 两张照片是岳峰和刘晴家大楼门厅摄像机拍下来的。时间是 3 月 12 日 17 时 51 分 42 秒。你能认出这张编号 YU11 的照片中的这两个人吗？

禹杰：这是我，旁边的是岳峰。

卡罗尔：现在给你一个机会与你的律师商讨一下，然后我们再继续。现在是 16 时 25 分。

我感到有些莫名其妙，讯问不知为什么就告了一个段落。当向禹杰出示岳峰和刘晴家门厅摄像机拍摄的照片时，禹杰被惊呆了，显然这是证实他涉嫌杀人的重要证据，按照我们中国警察的办案做法，这些证据是出乎禹杰意料的，他没有丝毫心理准备，是最容易突破其心理防线的时候。

爱尔兰警察费了半天劲，绕了一个大圈子，最终就是要禹杰承认3月13日下午出现在房屋中介公司USIT的人就是他自己，而这个人就是3月12日下午出现在岳峰和刘晴家的人，等于禹杰承认了他就是进入杀人现场的嫌疑人。

就在这时，负责登记的那位小胡子警长推门走进讯问室，嘴里旁若无人地大声念叨着："2001年3月22日下午4时30分，警长进入讯问室，讯问室内一切正常，被讯问人精神良好。"按照爱尔兰法律的规定，讯问嫌疑人时，大约一个小时警长就要进来巡视一次，要求他口头描述讯问室里情况，录下来作为证据。

警长走近禹杰问道，你感觉怎样？有什么不舒服吗？禹杰说，没有，挺好。再问他需要喝水吗？禹杰说，不喝。再问他，要吃东西吗？禹杰说，不吃。警长告诉禹杰，如果他要抽烟就可以抽，这个地方不禁烟。禹杰点点头。

要离开时警长告诉禹杰，爱尔兰政府免费为他找了一位律师，问他现在需要不需要见律师。禹杰开始说不想见，后来一想还是见吧。在警长安排下，禹杰被带出讯问室，到另一房间里去见律师。见律师时不但爱尔兰警察不能在场，连我作为翻译也不能在场，真不知道他们语言不通是怎样沟通的。

这一见就是一个多小时，这是法律赋予禹杰的权利，警方是不能嫌时间长的，我们只能耐心地等着。

好不容易，讯问得以继续。

卡罗尔：现在是17时40分，我们继续进行，宣布你的权利，你明白了吗？

禹杰：我明白。

卡罗尔：刚才你去见律师前，你看过照片YU11，你认出这里面一个人是你，另一个人是岳峰，对吗？

禹杰：是的。

卡罗尔：我给你看照片YU12，你能认出这里的人吗？

禹杰：这是开门的照片，我打开的是外面的铁门，岳峰打开的是公寓楼门。

卡罗尔：我给你看照片YU13，你能认出这上面的人吗？

禹杰：可能是刘晴。

卡罗尔：我给你看照片YU14，你能认出这上面的人吗？

禹杰：这是我。

卡罗尔：我给你看照片YU15，你能认出这上面的人吗？

禹杰：是我。

卡罗尔：我给你看YU15照片上你带着什么东西？

禹杰：自行车。

卡罗尔：谁的自行车？

禹杰：是我的。

卡罗尔：你从哪里弄到车的？

禹杰：我花5镑钱从一个爱尔兰小孩子手中买的，我不认识那个小孩，是在40路公共汽车终点站买的。

卡罗尔：我给你看的YU16照片上的人是你吗？

禹杰：是我，是我离开时的照片。

卡罗尔：何时离开的？

禹杰：大约1点。

卡罗尔：是不是夜里一点？

禹杰：是的。

卡罗尔：我给你看 YU17 照片，你能看出这上面的人吗？

禹杰：这是我。

卡罗尔：我给你看 YU18 照片，你能看出这上面的人吗？

禹杰：我不能确定这是刘晴。

卡罗尔：我给你看 YU19 照片，你能看出这上面的人吗？

禹杰：是我。

卡罗尔：我给你看 YU20 照片，你能看出这上面的人吗？

禹杰：是我。

卡罗尔：在照片 YU15 上，你是怎样进去的？

禹杰：我拿钥匙开的门。

卡罗尔：你从哪里得到的钥匙？

禹杰：岳峰给我的。

卡罗尔：什么时候给的？

禹杰：大约两个月前，岳峰回国前对我说：如果你没有地方去，可以住在我家。岳峰也担心他从中国回来时，把钥匙忘在中国，所以把钥匙交给我。

卡罗尔：我刚才问过你有没有那个房子的钥匙，你说你没有。

禹杰：是的，能不能给我一个机会把事情说清楚？

卡罗尔：你现在还有没有这个钥匙？

禹杰：没有了。

卡罗尔：钥匙在哪里？

禹杰：我扔了。

卡罗尔：扔哪了？

禹杰：我把钥匙扔到河里了。

卡罗尔：为什么要把钥匙扔到河里？

禹杰：我害怕。

卡罗尔：为什么害怕？

禹杰：我要一个机会把事情从头说起。

卡罗尔：可以。

禹杰：事情要从岳峰、刘晴回国前说起。岳峰说此次回国他要办两件事，一是过年，另一个是要做点小买卖。他们回国后没有给我打过电话。大概是他们春节回来第三天，岳峰打电话要我去他们家，我当时正在公共汽车上没时间就没去。他们两人回来后的第一个星期二，我到了岳峰家，我问他们在国内过得怎样，岳峰说不好，我问他为什么不好，岳峰说，我有麻烦。我问他有什么麻烦，他说他想从中国进点货，但是没有进成。我问他，你想进什么货，岳峰说他想买些艺术品，然后给我看了几张中国画。岳峰说，他回国前，有人给他钱，让他买艺术品，可他在国内把钱花光了，没买艺术品。岳峰原想回爱尔兰时，他父亲能给他些钱，就能把钱还上，但是他父亲生意上不顺，没能给他钱。岳峰向我借钱，我问他要多少，他说至少一万美元，我说我没有那么多钱。岳峰要我尽量多借些钱给他。如果不行，他说他只能等他姐姐来时带钱给他。

卡罗尔：让我们集中讲星期一后的几天，即3月12、13和14日的情况。录像带换过了，现在的时间是18时35分。

禹杰：星期一我起床后，下午去岳峰家，岳峰给我开的门。我进屋后，聊起做生意的事，岳峰说，没有什么大事。岳峰说他想喝酒，我就出去，但没有买酒，因为我知道岳峰不高兴，我不想让他喝酒。转了一圈回到他家，我想走，岳峰说再待一会儿，等刘晴回来。等刘晴回来我们又聊了一会儿，大约八点钟我离开的。

卡罗尔：你离开时，岳峰和刘晴还都活着吗？

禹杰：是的。

卡罗尔：请继续。

禹杰：我到134路公共汽车站与刘莎莎会合，一同去了电子游戏厅。我们玩到大约十点，就到离家最近的酒吧喝酒，十二点钟我们回家休息。

卡罗尔：请说星期二的事。

禹杰：我10点钟起床，我想找房子就去USIT。路过岳峰家时，我想起还有我的东西在他家没拿，我就下车去取，按门铃，没有人答应，打手机也没有人接。

卡罗尔：时间不多了，我只问最后一个问题，星期一和星期二你买没买过汽油？

禹杰：我记不清了。

卡罗尔：现在是18时54分，我们停止。

讯问再一次停止，这次不是要见律师，而是按照法律规定，讯问一段时间后，要让被讯问人休息一下，特别是到了临近吃饭的时候。

整个讯问过程中，禹杰一直不停地抽烟。我问禹杰想吃东西吗，他说不饿。我建议他吃点儿。看着他在讯问室里狼吞虎咽地吃了起来，我放心多了——不管人在多么艰难的时候，只要能吃就好办，看来他从身体到精神都没有事。

今天讯问中，一会儿来个医院的医生取禹杰的血样，说是要送到医院里去做DNA检验。一会儿来个法庭科学实验室的技术员，用一块玻璃按在禹杰的耳朵上，取走了他的耳廓印痕，说是要做比对。一会儿又来个技术员，给禹杰又是拍照片，又是按指纹，取足迹。还有一个技术员背了个录音机来，让禹杰讲了几句话，录下来走了。

爱尔兰的法庭科学技术检验和鉴定工作不属于警察，由各个专业部门负责，各取各的证。负责检验鉴定的是中介机构，立场是中立的，同时为警察和嫌疑人两方面工作，他们的结论更加客观可信。这些专业机构没有政府财政的支持，是自行运营的医疗或是法庭科学实验室，政策灵活，专业性强，没有行政干预，集中了许多专业能力很强的技术人员和专家，拥有更多的先进科学仪器，便于提升检验鉴定的技术水平。这些取材中，只有耳廓印痕的检验鉴定没有在中国开展，其他的对我们来说并不陌生。

在欧洲，耳廓印痕是个常用的证据，因为每个人的耳廓都不一样，如同指纹一样，可做个人识别。许多小偷在入室盗窃前，常把耳朵贴在门窗上听一听房子里有没有人，所以经常能在现场上发现耳廓印痕。2A 号房门上也提取到了耳廓印痕，经过比对，确认是禹杰所留，但是最后法官排除了这个证据，因为在爱尔兰什么证据有效力是由国会立法决定的，耳廓印痕还没有通过立法，所以不具法律效力。

一个多小时后，讯问继续。

卡罗尔：我们继续开始，现在是 20 时 18 分，新换了录像带，你的权利和前面说过的相同，你理解吗？

禹杰：是的。

卡罗尔：现在还有麦克·梅根参加。明白吗？我现在给你看编号为 SF9 和 SF10 两个杯子，你过去见没见过这两个杯子？

禹杰：见过。

卡罗尔：在哪里见的？

禹杰：在岳峰家见的。

卡罗尔：最后一次见到是什么时间？

禹杰：星期二。

卡罗尔：星期二你用过这个杯子吗？

禹杰：好像没用过。

卡罗尔：现在出示胶带，你见过编号为 SF7 的这个胶带吗？

禹杰：见过。

卡罗尔：在哪里见的？

禹杰：在岳峰家。

卡罗尔：你拿过这个胶带吗？

禹杰：拿过。

卡罗尔：为什么拿它？

禹杰：岳峰说窗子漏风，要拿它粘一下，我拿起来看了一下，说：这是什么？

卡罗尔：出示编号LD71的两个塑料袋，你见过它们吗？

禹杰：见过。

卡罗尔：出示塑料袋内的东西，老板榨菜四包，中国香烟五包，CD机一台及CD机套，这些东西你见过吗？

禹杰：见过。岳峰给我时我看了。

卡罗尔：你最后一次见到这些东西的时间？

禹杰：你们从我家拿走时是我最后一次见到它们。

卡罗尔：星期二你从岳峰家拿走这些香烟吗？

禹杰：是的。

卡罗尔：你用包把它们装走的？

禹杰：是的。

卡罗尔：岳峰给你这些香烟后，你什么时间取走的？

禹杰：星期二。

禹杰：你看到录像上你取走香烟的照片了吗？

禹杰：是的。

卡罗尔：你能讲一下3月13日星期二你的活动情况？

禹杰：星期二起床后，我想去USIT，大约在10点到11点时，我离开家。半路上我想起我还有东西在岳峰家，当时正好路过他家，我就下车。到他家门口时，我用一把钥匙打开外面铁门和公寓楼门，用另一把钥匙打开他家的门，发现家里好像没有人，岳峰睡房的门是锁着的，我推了一把，没推开。我到客厅，看见桌子上有个塑料袋，打开一看是香烟、榨菜和CD机，都是我的，我就拿走了。然后我就去了 USIT。在那没有找到合适的房子，我就到麦当劳店里放下袋子，去了市中心，我约了莎莎三点钟去买东西。

卡罗尔：你在岳峰家取东西时，待了多长时间？

禹杰：几分钟。

卡罗尔：到底是几分钟？

禹杰：我记不清了。

卡罗尔：请你继续讲。

禹杰：我们买东西到将近 5 点钟，我让莎莎去上班，我一个人去取自行车，然后骑车到麦当劳，开始上班。

卡罗尔：然后呢？

禹杰：我在夜里 12 点 20 分打卡，然后出了麦当劳的门，我让莎莎搭出租车回家，我骑车回家。半路上我想岳峰他们家到底怎么了，我不放心，就去了他们家。我打开楼的第一道和第二道门，将自行车放在他家后院，我正开他们家门时，听到爆炸声，我愣了一下，等我缓过神来，一个邻居打开门想看看发生了什么事，我想一定是出事了。

卡罗尔：我们刚换了录像带，然后呢？

禹杰：邻居见到我后，我骑上自行车就跑了。

卡罗尔：你为什么要害怕，为什么要跑？

禹杰：我有很多原因。

卡罗尔：请告诉我。

禹杰：第一我怕我自己陷入麻烦，第二是我不想惹事，其实这两个原因是一个。

卡罗尔：通常这个时间岳峰和刘晴在家吗？

禹杰：在。

卡罗尔：你说在你打开门之前，你听到爆炸声，是吗？

禹杰：是的。

卡罗尔：你为什么不敲门？

禹杰：我按了门铃。

卡罗尔：你刚才说你第一次去时没有按铃。

禹杰：我按了门铃，打了手机没有人接。

卡罗尔：你发现没有人，你为什么没有离开，回家？

禹杰：我们是很好的朋友，我常住在他家，有时他们两人不在，我就一个人住在那里。

卡罗尔：请你解释，为什么在你3月12日离开岳峰家后，就没有人再见到活着的岳峰和刘晴了。

禹杰：那是你们的问题，不是我的问题，是你们去刑事调查，我见到的他们都是活的。你们知道多少非法入境的中国人在这里都是黑的，他们在干什么，你们知道吗？我说的太多了，犯罪团伙会威胁我的安全，谁会保护我。

卡罗尔：那你的意思是说你没有讲真话，是因为你怕中国犯罪团伙威胁你。

禹杰：是的。

卡罗尔：你何时买的汽油？

禹杰：我拒绝回答。

卡罗尔：我们正在进行刑事调查，我们怀疑并相信你就是杀死你两个朋友的凶手。

禹杰：我会用我自己的方式证明我是清白的。

卡罗尔：我不明白你说的你自己的方式是什么方式。

禹杰：（不语）

卡罗尔：请回答这个问题。

禹杰：我自己的方式就是我自己的方式。

卡罗尔：是不是你为中国非法移民犯罪团伙杀了你的朋友，

你害怕这些犯罪团伙。

　　禹杰：我说过，我没杀人。

　　卡罗尔：你同意让目击者辨认吗？

　　禹杰：我同意，但是我要问这个目击人，是否看到我杀人。

　　卡罗尔：你不能问这个问题，因为你说过你没杀人。

　　禹杰：是的，我就是没杀人。

　　卡罗尔：最后一个问题，你在星期一、星期二和星期三去岳峰和刘晴家时按过门锁的密码吗？

　　禹杰：我下午去时按过，晚上去时没有按。因为这个密码在门内，我晚上去时还没来得及进门就爆炸了，没法按密码。

　　卡罗尔：你知道密码吗？

　　禹杰：知道。

　　卡罗尔：请说出来。

　　禹杰：2789。

　　卡罗尔：我们就谈到这里。

　　禹杰：能给我一张纸吗？

　　卡罗尔：要纸干什么？

　　禹杰：我要写东西。

　　卡罗尔：写什么？

　　禹杰：写东西。

卡罗尔给了禹杰一张纸，禹杰用中文写道：

　　我现在请左芷津先生把我写的东西交给有关当局，在我被（警察）局定为有（罪）的时候，我没有杀过人。我是清白的。以下是我的自述，我没有说真话是我害怕，但是认识我的人都知道我是一个（什么）样的（人）。以上是我的自述，禹杰 2001 年 3 月 22 日谢谢禹杰写好后，把纸条交给了我，我递给卡罗尔，然后用英文把纸条的意思说了一遍，卡罗尔记在了他的讯问记录中。

卡罗尔：结束时间是 3 月 22 日 22 时 50 分。

经过连续八个小时的审讯，在一系列证据面前禹杰仍百般抵赖，拒不认罪，甚至多次承认自己在说谎，还扯出什么中国犯罪团伙来混淆视线。但是从抓他到现在已经过去了 12 个小时。按照爱尔兰法律规定，像约翰这一级的刑事侦查官有权羁押嫌疑人 6 小时，6 小时以后，如果需要继续羁押，就要经过分局主管刑事侦查的局长批准，可延长 6 小时。这 12 个小时就是法定的羁押时间，警察的讯问只能在这 12 个小时内进行，此后，警方有再多的问题也不能再讯问了。在法定的 12 个小时羁押时间终了后，警方要做出一个决定，要么逮捕嫌疑人，要么释放嫌疑人。今天到点后，警方当即决定以涉嫌杀人罪逮捕禹杰。

插曲：诉讼交易

禹杰被带出讯问室，找了一间空屋子喝水、抽烟、休息。我和约翰、卡罗尔一起讨论讯问的情况。通过讯问，进一步认定了禹杰就是杀害岳峰和刘晴的凶手。

我对他们两人说，讯问中，禹杰不知道门厅里有摄像机，拍下了他三次进出岳峰、刘晴家的过程，当卡罗尔出示这些照片时，看得出来，完全出乎禹杰的意料，在我们中国，这是嫌疑人的心理防线在证据面前即将崩溃的时候，如果此时穷追猛打，极有可能突破。

约翰对我摇摇手说，爱尔兰是三权分立的国家，什么样的行为算是犯罪是由议会立法决定的；警察属于政府，只管执法，对法律没有解释权，对嫌疑人没有定罪权。爱尔兰法律并不要求在讯问嫌疑人时，一定要获得嫌疑人承认自己犯罪的口供，不要求嫌疑人自证其罪，法官会根据法律条文和警察提供的证据来定罪。

约翰数着手指头说：我们警察的工作就是两条，一是收集尽可能多的证据，证明嫌疑人与案件有直接关系；二是在讯问中，只要警察能证实嫌疑人说了谎，就行了，后面就是法官的事了。法官要审查警方提供的证据，看这些证据有没有道理，能不能证明嫌疑人与案件有关；再审查嫌疑人的讯问记录，看他在证据面前是不是讲了假话，如果证明嫌疑人讲了假话，那么唯一的理由就是他是罪犯。

禹杰若无其事地休息着，还不时地东张西望，早上抓他的时候和我一道把他押回来的青年爱尔兰警探走进去，竭力劝说禹杰认罪，还一再保证，如果他承认抢劫杀人，警方会向法官求情，保证禹杰不会被判处过重的刑罚。现在已不是讯问了，也没有同步录音录像设备，这可能就是西方所谓的诉讼交易。

我不解地问约翰，既然我们已有了证据，禹杰说谎也是明摆着的，为什么还要费力地做这个诉讼交易。约翰告诉我，如果嫌疑人自己能承认犯罪当然更好，更加有利于法官对这个案件的判断。

他说，在爱尔兰，如果一个人为了钱杀人是可以理解的，也是可以饶恕的，因为一个人没有钱，马上就要饿死了，你仍然要求他不去偷不去抢，是不可能的，他不能自己把自己活活饿死；抢钱过程中遭到反抗，杀了人，这些都是可以理解和饶恕的，因为生存是第一位的，在遵守法律自己饿死和犯法犯罪能够活命之间，谁都会选择活命，法律对于这些特别贫穷的人会有考虑的，所以禹杰如果承认自己因为没有钱无法生活去抢岳峰和刘晴，法官会考虑他的生存状况的。

但是这个案子里有刘晴，刘晴是个女孩子，如果禹杰拒不承认自己是为钱杀人，法官就有可能怀疑禹杰是为了要强奸刘晴而杀人的，不但杀死了刘晴，还杀死了她的男朋友，这就太恶劣了。为了不饿死，抢钱杀人是可以饶恕的，但是为了满足性欲杀人就是不能饶恕的。这就是为什么要劝说禹杰承认抢钱杀人。杀死两个人实在是重罪，但是在爱尔兰，人已经死了，再怎样严惩罪犯，被杀害的人也不会活回来了，我们的法律更多的是关注活着的人，即使是凶手也是一样。我们这样做实实在在是为禹杰好。

听后，我不由得对约翰他们充满敬意，他们在侦破案件以外，还干着分外的事，要知道，大家已连续工作了二十多个小时，谁都是筋疲力尽的。

不无遗憾的是，爱尔兰警察的一片好心并不能打动禹杰的铁石心肠。

从当天下午开始，陆续有两三个中国留学生来警察局打听情况，当他们听说禹杰涉嫌杀害岳峰和刘晴后，便头也不回地走了。

晚上七八点钟的时候，那个叫刘莎莎的女孩来探望禹杰，我跟她简单说了下情况，请她先在外面等着。

这个姑娘十分真诚，一等就是四五个小时，一直到诉讼交易失败。莎莎一见到禹杰就泣不成声，紧紧拉着禹杰的手反复地央告他，你就承认了吧，承认了就不会回中国了，要不然把你弄回中国去，怎么办，怎么向你家里人交代。你好好承认，顶多在这里关几年，我一定等着你。

我感到很奇怪：这个莎莎怎么对禹杰涉嫌杀人的事一点也不感到意外？难道她对此早有预感或是思想准备？

禹杰面无表情，一直在仔细地玩弄着莎莎的手，约翰也看到了，他冲我无奈地撇了撇嘴，耸耸肩，对警察来说，除了再一次确认禹杰是个冷血杀手还有什么呢。莎莎在这里哭哭啼啼地折腾了半个多小时，毫无结果也只好作罢。我送姑娘走出警察局的大门，望着她的背影消失在黑暗的街角，我心中默默地祝福她，别再惦记禹杰了。

安顿好禹杰，约翰带我钻过看守所里的一扇小门，下了十几级台阶，进了一条狭窄的地道。地道也就刚刚一人高，四壁和地面都是石头砌的，黑黢黢的，十分潮湿，个别地方还滴着水。隔不远有一盏灯，昏暗的灯光把地道照得半明半暗，更加阴森恐怖。

走了五六分钟，有一条窄小的楼梯通到地面——我们居然从一幢大楼里钻了出来，这幢大楼就是都柏林七区的法院，拐个弯就进入了法庭的审判大厅。我这才恍然大悟，原来从看守所到法院是通过一条地道过来的，这对押送犯人来说真是太安全了，绝不会发生劫法场之类的事了。

约翰告诉我，今天是请我来认认路，明天上午就要在这里开庭审理禹杰杀人案，进入一审程序。我一听，好家伙，这也太快了，在中国一起没有多少疑点的杀人案件，从嫌疑人被抓到开庭审理，怎么也要个一年多的时间，爱尔兰的速度可真够快的，今天上午抓人，下午讯问，明天就开庭。要做到这一步，可见前期的证据搜集工作做得是多么扎实。

开庭：头堂顺利

第二天是 3 月 23 日，早上我到了警察局，约翰和我一起沿着昨天走过的地道前往法庭。

法庭和大学里的阶梯教室差不多，能装一二百人，法庭内四白落地没有任何装饰。法官看起来是个七十开外的老头儿，戴着白色假发，一个人坐在法庭一端的高台上，他的对面是木栏杆围起来的被告席，禹杰已经坐在那里了。禹杰背后像会场一样的是一排排的条桌和条凳，整个法庭乱哄哄的，我感觉像是过去生产队的会议室。

上午 10 时，法官宣布开庭。约翰起身走向法官，登上几级台阶后，用右手握着警徽，举手向法官宣誓，报出自己的姓名和职务，然后把厚厚一大本案卷递了上去。老法官戴上眼镜，随便翻了翻，将嘴巴靠近麦克风。我立即竖起耳朵，仔细聆听。岂料这位法官说话声音特别小，还特别不清楚，虽然他的嘴紧贴麦克风，我还是听不清他在说什么，不由得心里一阵紧张。感觉只过去了一两分钟，身旁的爱尔兰警察推了我一把，说没事了。原来这一关是法官批准受理此案和同意羁押，这个案件特别重大，将上报爱尔兰中央法院审理。这道程序相当于我们的批准立案和逮捕，难怪这么快呢。

中午回到警察局，约翰把我叫到专案组的大屋子里，请我再帮他做几件事。他让我把讯问的全部中文记录翻译成英文给他，他说再开庭时，法庭会严格审查我的翻译内容。可是我在都柏林只有几天的时间，如果还有别的工作交给我，恐怕不够时间翻译。约翰同意我回法国再弄。

他要我先给他一份中文记录用于存档，可是警察局的打印机里没有中文字库，不能打印中文，出国前我在自己的电脑中装了一款叫WINFAX的软件，它能把WORD文件变成传真发出去，只要接上一台传真机，吐出来的就是中文了。约翰感到神奇极了。

约翰说，你此次来都柏林是协助警方工作，今后开庭有可能像今天一样还要你出庭，你的身份是警方证人，因此现在我们要留下你的证词。我用英文写出如下证词。

中国警察三级警监左芷津的证词：

我是一名中国警察，我的警衔是三级警监。从2000年11月到现在，我被派驻到位于法国里昂的国际刑警组织总秘书处工作。应爱尔兰警方的请求，我于2001年3月21日抵达爱尔兰首都都柏林，为的是协助他们对两名中国留学生，岳峰和刘晴被杀案的刑事侦查工作。

2001年3月22日上午10时50分，当刑侦督查官约翰·麦克·马洪以涉嫌杀害岳峰和刘晴逮捕中国人禹杰时，我在现场。禹杰被抓捕时，我将约翰·麦克·马洪告知禹杰他被捕的话和法律警语翻译成中文告诉给禹杰。当禹杰在都柏林七区警察局内按印指纹和拍照，提取耳朵印痕和由一名医生抽取他的血样时，我同样在场。每次禹杰说话和都柏林七区警察局的警察讯问他的时候，我都在场并将警察的问话和要求翻译成禹杰的母语（中国的普通话）说给禹杰听，并把禹杰的回答翻译成英文告诉爱尔兰警察。当爱尔兰警察就涉嫌杀人案讯问禹杰时，我用笔记本电脑用中文记录了对禹杰提出的全部问题以及他的回答。爱尔兰警方的全部讯问过程都在讯问室中进行，并且进行了同步的录音录像。讯问结束时，刑事侦探约翰·卡罗尔向禹杰宣读他记下的讯问记录，我将他宣读的内容翻译成中文，同步地告诉禹杰。禹杰同意爱尔兰警察所做的讯问记录。禹杰在每一页英文记录上签上了自己的名字，警长塞安·格来那和刑事侦探约翰·卡罗尔也在上面签了名。此后，禹杰要求给他一支笔和一张纸，他用中文写了一张小纸条，并签上自己的名字。我把小条的内容翻译给爱尔兰警探。当禹杰被带进一间影视室去看岳峰和刘晴住处的监控录像和从 USIT 中拍摄的监控录像时，我也在场，刑事侦探约翰·卡罗尔记录下了看录像时他对禹杰的提问和禹杰根据录像所做的回答。当刑侦督查官约翰·麦克·马洪宣布禹杰因涉嫌杀害岳峰和刘晴，被正式逮捕并予以指控时我也在场。禹杰对指控未做回应。

第二天，2001 年 3 月 23 日，我将讯问记录共 15 页打印出来，我在最后一页上签字，并写明日期，把这 15 页交给刑事侦查警督科麦克·高登。我自用的笔记本电脑中仅保存了讯问记录的中文版，我没有保存英文版的讯问记录。

以上证词是正确无误的。

我当警察已将近二十年了，各种司法文书和公文写过不少，写下这样的证词还是头一遭。

煎熬：善待家属

3月24日下午3点多钟，在警察局一间比较大的会议室里见到了两家的家属。岳峰家就来了他父亲一个人，刘晴家是她舅舅和几个人。由于担心家属们会提出一些难题，专案组几乎全员出动，摆开阵式与他们见面。

我先按照中国警察的职务介绍了专案组各位成员，方便家属理解他们都是干什么的，接着请约翰介绍了整个案件情况，我来翻译。家属们听后提出了一些问题，岳峰父亲先问：岳峰还有没有钱。约翰说，目前他们掌握了岳峰的一个账号，里面有些钱，但是不多，具体有多少就目前阶段来说，应是保密的，案件终结后，这些钱会归还给家属。双方家属都十分关心尸体的处理，约翰说，一般外国人在爱尔兰死亡后，通常都会运回本国安葬，他们建议过一段时间，将两名遇害者遗体运回中国，费用将由爱尔兰承担。下一个日程就是请家属们去查看和辨认遗体。因为事发时是在灭火现场发现的尸体，所以尸体检验和存放就由都柏林消防中心负责。

我们到达时爱尔兰警方已作好了准备。我让家属们先待在车上，我自己先去了解一下尸体的状况，看看遗容整得怎么样。如果能装扮得好一些，对家属的刺激就会少一点，如果尸体破坏得太厉害了，我会劝他们不要看了。考虑到岳峰和刘晴并没有婚姻关系，我要求爱尔兰警方不要把两具尸体放在一个房间里，谁家的人谁家看，就不要再看另一位了，俊男靓女死后给人的刺激和遐想会更大。

一尘不染的尸检室和刺鼻的福尔马林味道是我熟悉的，遗体已经整理过了，面部作了清洗。岳峰的尸体破坏得比较严重，整个面部都烧黑了，头发也烧焦了，不说面目全非也差不多。我打开盖在尸体上的白布，查看他的全身，看到他双手和前臂，还有双脚腕上有明显的条索样勒痕，进一步确认了他临死前曾被捆绑过。脖子上的勒痕虽被爆炸燃烧破坏，但仍依稀可见。刘晴的遗容很平静，好像临死前没受多少痛苦，脸上烧得也不严重，和生前变化不大。

我走出尸检室，先请刘晴的舅舅进去看。他舅舅看得很仔细，我以为他是在仔细辨认，没有想到他转过身对我说，他已经很长时间没有见过刘晴了，现在她已经死了，让他确认这是不是刘晴，很难。他记得刘晴小的时候，一侧手背上有个痣，让我帮他找找。要在这先被火烧过、后被风干变色的皮肤表面找到一个小痣还真不容易，最后在左手背上隐约见到一个绿豆大小的黑点，估计就是那个痣了。舅舅也看到了，他将信将疑地认可了。

随着舅舅在刘晴遗体边待的时间越来越久，舅舅的感情也快吃不消了，眼泪无声地流了下来，我轻轻地对他说，如果辨认完了，咱们就离开吧，虽说孩子在异国他乡遇了难，但是她的亲人还是不远万里赶来给她送行，她在天之灵也会有感觉的啊。舅舅听罢，无声地退了出去。

岳峰的父亲坐在车上闷头抽着烟，我走过去，他连忙站起身来。我问他，你儿子长得怎样？他说，大高个，有一米八。我问，身材好吗？他操着浓重的东北口音说，老好了。我问，人长得帅吗？他说，老帅了。我问，爱体育吗？他说，老爱了。我说，你的儿子高大帅气，喜欢运动，阳光和青春都写在脸上，现在不幸出了这个案子，刚才也向你们介绍了，犯罪分子先把他们俩杀了，后来又爆炸放火，遗体破坏得挺厉害的，我劝你不必看儿子的遗体了，这样在你心里永远保持着你儿子英俊健康活泼的形象，好不好？

岳峰的父亲沉默了一下，对我说：大哥，你说得对，我不看了，我心里有他就行了。我把他叫到殓房门口，说，里面就是岳峰，你在这里站一站，这是距离你的儿子最近的地方，也算是你来看他，送他。岳峰的父亲两个眼睛红红的，静静地站在那里。我不知他在想什么，但是我想除了对儿子无尽的思念以外，会不会也有对自己的反思。

从殓房出来，我们在爱尔兰警察的带领下，来到岳峰和刘晴生前居住的地方，也就是案发现场，门前摆着好心的邻居献上的一束鲜花，祭奠这里曾经的主人。

2A 的红色大门上依然可以看到显现犯罪痕迹时喷撒上去的银粉和碳粉。打开房门，右边是卫生间，往前走是两人的卧室，卧室的右边是起居室，里面摆放着一张饭桌。爱尔兰警察告诉我，他们勘查现场时，发现饭桌上有两个杯子，估计是岳峰和禹杰进屋后，曾在这里说话、喝茶，后来两人才动起手来的。

爆燃是在卧室里发生的，巨大的气浪将卧室和起居室之间的轻质隔断墙整体向起居室推出了四五十厘米，把起居室里靠墙放置的一台电视机都推倒在地上，整个卧室的四壁完全熏黑了，暖气管道错位断开，屋里凌乱不堪，家具都移了位，床上一片狼藉。爱尔兰警察说，两个人的尸体都是在床上发现的，岳峰在外侧，刘晴在内侧，所以岳峰尸体烧得比刘晴重。

我请刘晴的舅舅先走进 2A。他见到卫生间里有一块旧的搓衣板。一把抱在怀里，泣不成声。他稍稍缓过神来对我说，这个小搓衣板是他家的，刘晴要到爱尔兰留学，刘晴的妈妈为她准备行李时想到，女孩子总有些小的内衣需要手洗；搓衣板很难买到，就从舅舅家拿了这块旧搓衣板，让她带到爱尔兰来用。

舅舅想把这块搓衣板带回国去给刘晴的妈妈看，这块搓衣板对死者家属意义重大，但是对警察破案并没有什么用处，爱尔兰警察同意了，舅舅抱紧这块搓衣板再也不松开了。他有了这个物证，其他的也就不想看了。

我请岳峰的父亲进现场看看，没有想到他对我说：我不想看了，刚才你的建议特别好，这里是他被杀的地方，我也不想看了。我没说什么，还是请他下车来，陪他走进公寓楼。我请他站在两条走道交叉点上，对他说：你儿子生前最后住的房子就在这幢楼里，那边第一个红门就是他的房间。今天你来到他最后生活的地方，这个楼房宽敞、洁净、舒适、温暖，邻居们和睦温馨，他和心仪的女孩子一直生活在一起，他每天从这里进进出出，忙着上学，忙着打工，也在这里思念你，跟你通电话，你就在这里向他告个别吧。说罢，我就离开了，让他一个人在那里站着。

大概十分钟后，岳峰的父亲泪水满面地出来了，走到车前，哽咽着对我说了一句："大哥，你真好！"我的眼睛也湿润了；都是男人，都是做父亲的人，我能理解他。

回到警察局，几位家属准备离开了，临走前，我告诉他们，根据爱尔兰法律，再开庭时可能需要他们来作证，费用仍由爱尔兰承担，希望他们能配合，他们异口同声地说没有问题，然后就再三道谢地离开了。看到他们紧握着我的手，频频地感谢，我想，家属的心里实在是太苦了，好不容易出趟国，竟是为了这种生离死别的人间悲剧，明明是亲人死在异国他乡，还要一个劲儿地谢谢，我不忍再和他们说什么，直把他们送到街角才目送他们远去。

二审：再赴都柏林

时间过得真快，一晃两年过去了，直到 2003 年 3 月份，我接到约翰的电话，通知我到都柏林出庭作证，岳峰的父亲和刘晴的舅舅可能同时都接到了邀请。不多时间，岳峰父亲的电话就打了过来，当他得知我们三人出庭的时间是不同的，我会晚他一周过去，一下子就急了，说不想过去了，怕自己文化不高，对付不了这种场面。我鼓励他说，赚钱是最不容易的，没有什么事情比赚钱更难了；你的生意做得那么大，多少次起死回生，还有什么比这个更难，有什么你应付不了的。岳峰父亲一听，说，也对。他又让我具体说说该怎么办。

后来，爱尔兰警察告诉我，岳峰的父亲在法庭上表现很老练。一次律师问，岳峰春节回国时，你的生意是不是不很顺利？岳峰父亲回答，此问题与我儿子遇害无关，我拒绝回答。在场的爱尔兰警察一听，顿时对他刮目相看！

4月初，我接到约翰的电话，再次来到了都柏林。开庭前约翰把我领到法庭，让我先熟悉一下环境。

大的法庭像我们的剧场一样，分为上下两层，法庭正中是一个舞台似的高台，上面正中是法官一个人坐的地方，法官背后是紫红色的幕布，头顶上有一个半圆形的华盖。法官正对面，台下是律师和检察官坐的地方，后面是旁听席。法官的右边用木栏杆隔出陪审团区。

爱尔兰没有我们意义上的检察官，律师由国家律师办公室派活儿，指定他担任某一个案件的检察官或是律师。在这个案子里担任了检察官，没有挣到钱，下个案子就可能担任律师，律师出庭是有收入的，一个案子下来能挣上一大笔。

法官前面低一二级的台阶上，是一位法庭工作人员，他负责协助法官处理一些开庭事务，如证人宣誓等。工作人员身旁是一位速记员，用专用速记机将庭上控辩双方和法官的所有话都记录下来。速记员精神高度紧张，一个小时一换班。

法官的左侧是证人席，是一个用木栏杆围起来的正方形框子，这个框子叫 box，中文就是"盒子"。"盒子"里面放着一把椅子，证人就坐在这。台下法官的左边，也就是律师的右边是被告席，同样用木栏杆隔开，只是隔开的范围特别大，把押解被告的警察也一同围了进去。法庭的二层楼上全部是旁听席。

检察官先来了，大概有六十多岁了，因为警察和检察官都属于控方，他亲切地告诉我，一会儿作证的时候不要紧张，如果律师给我的问题过于刁钻，他会主动出来帮我解围。

不一会儿，律师也来了，比检察官年纪小些，但也有五十多岁，据说是爱尔兰最著名的刑事律师，他在这里出庭一天就可以挣到1700欧元。他还带了男男女女好几个学生来。按照法律要求，法官、检察官、律师，包括学法律的学生，在法庭上一律要穿黑色法袍，头戴亚麻色假发，如果不戴假发就不得在法庭上发言。

陪审团的男男女女鱼贯而入，在陪审团席就座。西欧北美国家的陪审团制度非常重要，陪审团由毫无法律背景的普通民众组成，法官只是主持和维持秩序，最后由陪审团决定被告是否有罪。如果陪审团认为有罪，法官负责根据法律决定给被告什么样的刑罚，如果陪审团认为没有罪，那就只好放人了。

陪审团人员的遴选过程是随机的，过去有采用随机选定一条街，街上单数或是双数门牌的人家每家出一人，后来发现这个办法也不公道——有时单数或双数出自街道的阴面和阳面，有钱人住阳面，没钱人住阴面。现在大部分采用类似摇号的方式进行，凡是18岁以上精神正常的人都有可能被选中，法律规定公民有担任陪审团的义务，一旦选中就必须参加，否则就算是违法。法律还规定，参加庭审期间，雇主的工资照开，法庭会给点儿车马费和中午盒饭。

约翰指着陪审团，一脸无奈地说，这个案子有点怪，原来是大陪审团，有23个人，不知为什么，一位刚被选中就心脏病发作住进了医院，要开庭了，又有一位阑尾炎发作，进医院开刀去了，开庭第一天，一位陪审团成员在法庭上不知怎么弄断了自己的小手指，被法庭叫来的救护车送走了，谁也说不清这些接二连三的怪事，只剩下20位小心翼翼地陪着了。

法官宣布开庭后，禹杰被押了上来，我看了他一眼，两年过去了，已经完全认不出了。禹杰穿一身崭新的深蓝色西装，里面是领子笔挺的淡蓝色衬衫，打着领带，脚上是一双新的黑色皮鞋，胡子刮得干干净净，头发梳得整整齐齐，白净光泽的脸上增添了几分血色，体重也有明显增加，再不是抓他那时的猥琐样子。

禹杰认出我来，冲我笑了笑。我很反感他的笑，不是别的，从他被抓那天起，他就以这种态度对待我们，这不是善意和礼貌的微笑，完全是一种满不在乎的态度。岳峰和刘晴都是他的朋友，现在被杀死了，不论是不是他干的，作为朋友都会感到心痛和惋惜，可他竟像在谈一件与他根本无关的事。

我走过去问禹杰过得怎样，他说，还好。押解他的警察告诉我，由于禹杰是外国人，人长得又矮又小，监狱就让他在洗衣房工作。将近两年来，他已挣了800多欧元，这次出庭的新衣服和鞋子都是用他自己挣的钱买的。我只得谢谢狱警对他的关照，对于这样的结果我还能说什么呢。

盒子：庭上激战

我生平第一次走进"盒子"，工作人员走过来，问我信什么宗教，我说，没有宗教。他犹豫了一下，说：这样吧，请你举手宣誓，我说一句，你跟一句。我就跟着他举起右手，他说一句，我跟一句。这么着说了有二三十句，还挺长的。按说我能在国际刑警组织工作，又能单独到国外办案，我的英文怎么说也是不错的，可是他说的我一句也没听懂，只是模仿他的发音罢了。后来我才知道这是一种古老的法庭用语。

宣誓过了，我坐下来，年轻的爱尔兰警察帮我调整好麦克风，律师的第一个问题就抛了过来。

问：你是什么身份？

答：我是中国警察，现在在法国里昂国际刑警组织总秘书处工作。

问：你在中国当了多少年警察？在警察里从事的是什么工作？

我一一做了回答。

问：你是国际刑警组织派来的，还是中国政府派你来的？

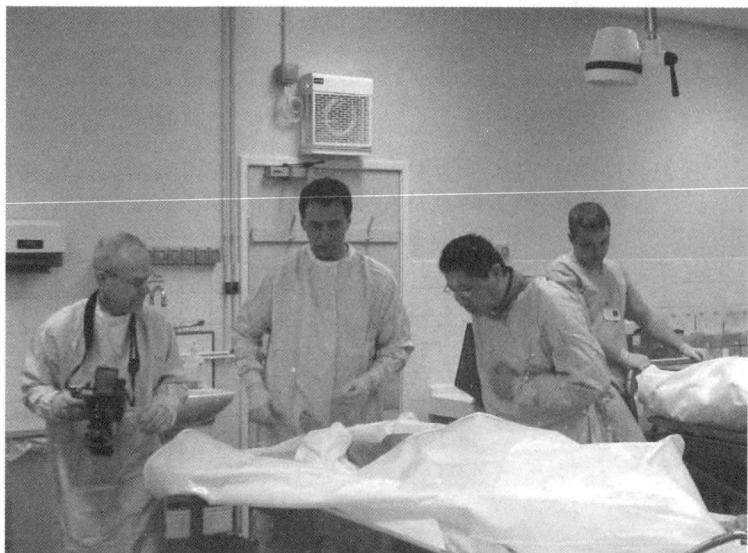
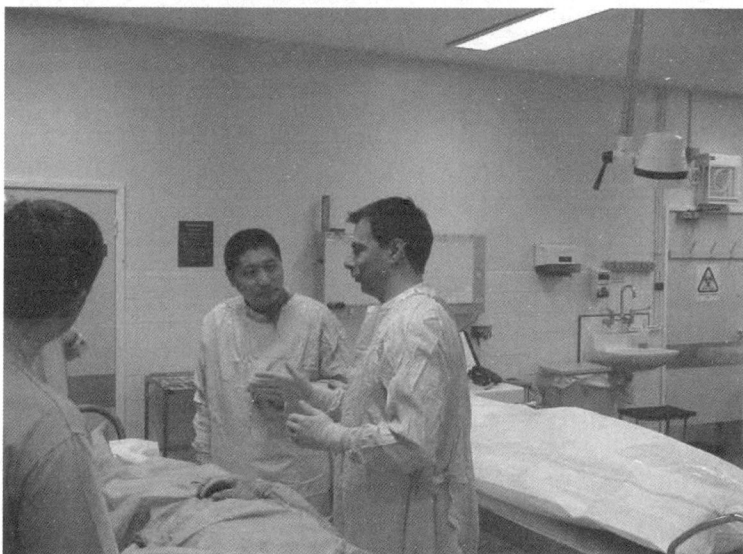

在爱尔兰（2001）。

答：我虽然是中国警察，但是我现在在国际刑警工作，是国际刑警组织派我来的。

问：为什么说是国际刑警派你来呢？

答：一是国际刑警组织爱尔兰国家中心局向法国里昂的总秘书处提出请求，不是向北京提出的请求。二是我能不能来这里，是国际刑警组织通知我的，不是北京决定和通知我的。

律师围绕身份这个问题反复盘问，我耐着性子回答着，讲到这两点依据，律师才换了个问题。

问：抓捕禹杰时你在场吗？

答：我在场。

问：抓捕他时，爱尔兰警察告诉他，他被爱尔兰警察以涉嫌杀人罪被抓，你告诉他了吗？

答：我把抓捕他时带队的爱尔兰警官约翰所说的原原本本地翻译给禹杰听了。

问：抓捕时的法律警语说给禹杰了吗？

答：抓捕他时，我把约翰说的法律警语翻译给禹杰听。

问：你能把抓捕时的法律警语再说一遍吗？

我真是恨死这个律师了——两年前的事了，我早忘了约翰当时的警语是怎么说的了。虽然憋了一肚子火，但也没有办法，我努力回忆着抓禹杰那天小胡子警长给我的那张纸，然后自编自演地说了起来。我说完后，律师就没有再问这个问题，也不知是我过关了还是他又想从别的地方下手了。

几个回合下来，我也定下心来，不紧张了。万一一句半句没有听清，我就请律师再问一遍，反正有的是时间，只要我不烦，律师就不会烦的；他可是按时间收费的。

事后我冷静下来想，我在法庭上与爱尔兰警察不同，他们接受的是宗教和法庭至上的教育，我们接受的是什么教育？我的脑海里还是江姐、许云峰在敌人的法庭上，把法庭变成战场，把敌人审判我们变成我们代表正义审判敌人，所以千方百计地总想抢占上风。

律师接着问：你们中国警察抓捕人时，讲不讲警语？

我本想说，这个问题与本案无关，我拒绝回答。但是我偷看法官一眼，他正聚精会神地听着呢，看来法官对这些程序上的事有兴趣，法官不好得罪。

我答道：中国警察抓捕人犯时，也会讲警语。

律师又问：抓捕禹杰时动作粗暴吗？

答：当时禹杰正在睡觉，所以没有费什么力气就把他抓住了，他没有任何反抗，爱尔兰警察也没有必要动粗。

问：你们中国警察抓人时是怎样的？你抓过人吗？你们抓人时遇到反抗会怎样处置？中国法律上对抓人是怎样规定的？

光一个抓人的事就问了一个多小时，我忙里偷闲地看了一眼法官，只见法官已经没有兴趣了。我顿时来了精神。

我说：感谢你对中国法律这么有兴趣，我不知道你喜欢研究中国法律，早知道我就把我在国际刑警组织工作用的中国的刑法和刑诉法带来送给你，那是中英文对照的，便于你认真研究。不过没有关系，请你留下你的通信地址，我回里昂后给你寄来。

我话音刚落，全场的人全都放声大笑起来，法官笑得前仰后合的，我想这一回合应该是我赢了。不过这位大律师见多识广，久经沙场，根本不为所动。他接着问我：把禹杰抓住后，把他押回警察局的过程你参加了吗？

答：是的。

问：到了警察局有警察进行登记，有宣读法律权力等过程吗？

答：有，都按要求一一进行的，我负责把警官对禹杰的要求翻译给他听。

问：你还能从后面旁听的警官中认出那天负责登记的警官吗？

事隔两年多了，就见过那么一面，别说外国人了，中国人都记不住了，爱尔兰的男人都留着小胡子，我哪里分得清。

我硬着头皮站起身来，向后面的旁听席上望去，右手食指很自然地向上翘着，搭在嘴唇上。我正一边思忖怎么办，一边东张西望地假装找人呢，那位警官以为我的右手食指正指着他呢，兴奋地在下面大叫："嘿，津，我在这里！"我赶紧用右手一指，对律师说："就是他。"这关算是又过去了。

律师接着问：押到警察局后，做了文字记录吗？

我答：做了。

律师从我身后负责证据的年轻警探手里要过一个长长的登记本，翻到一页，指给我看，然后问我是这样登记的吗？

我低头一看，确实是我的签字。虽然是我签的，可是我怎么也看不明白这个长长的记录本是什么意思了，怎么看时间也不对，急得我汗都快下来了。

这时，我身后负责证据的年轻警探小声说：津，那个登记本的时间是反的。

我一下子就醒了。我们正常记录都是从登记表格的顶端朝下写，而这个登记本上，先发生的写在最下面一格，后发生的写在它上面的格子里，时间是从后向前。弄清了时间顺序一切就迎刃而解了。

就是在这样一次次"较量"中，时间过去了，一直到下午4时，第一天我在"盒子"中整整站了三个小时。

我问约翰，一般要在"盒子"里站多少小时？他说要看案子，也要看律师手里有多少证人，反正庭审是三个月，一天不能少；他知道的最多站了六个小时。约翰还说我比爱尔兰警察敢说，说得清楚。

第二天继续出庭。这回又有了新花样，法庭上支起一台电视机，将讯问禹杰的同步录音录像挑重点重放一遍。法庭请了两名具有英国和爱尔兰司法翻译执照的专业翻译，把我现场翻译的爱尔兰警察的讯问和禹杰的回答一一核对。

我心里一惊：早知有今天，当初翻译时用词还应该更加讲究一点儿才是。律师、翻译一阵忙活，法官也不出声，我在"盒子"里聚精会神地听着，他们不时有问题问我，我也竭尽所能一一作答，心想，这哪里是审禹杰，分明是审我呢。

录像中有这样一段，禹杰转过头对我说：我和其他留学生不一样，我来爱尔兰就是来打工挣钱的，我每天白天夜晚要打两份工，非常累，现在我就很头痛。

放完这段，律师问我：禹杰说他头痛，你为什么没有翻译给爱尔兰警察？

我说：我认为他不是生理上的头痛，而是精神紧张。因为一个凶手作案后，被警察抓住，不可能不紧张，所以他是心理上的紧张。

听到我的回答，律师不再问了，围绕录音录像问其他问题。过了一会儿，律师又回到这个问题上：为什么不把他头痛的事翻译出来？

我说：我的教育背景是医学，我在医学院里学习了十年，我能分辨生病的头痛和心理上的紧张。根据我的专业判断，他不是生病的头痛，而是精神紧张，而且为了缓解紧张，他一根接一根地不停抽烟，烟抽的太多了也会让人头痛的，所以没有采取任何措施，如果我发现他真的生病了，我会进行专业救助的。

这个事儿又这么过去了。

过了一会儿，律师又问了回来：为什么不把他感到头痛说出来？

我心里清楚，律师追求的是，如果禹杰是在病态情况下被讯问的，他的回答就不能作为证据，如果他头痛或是神志不很清楚，甚至已处于昏迷、半昏迷状态，那非但不能信他的话，反而应当追究警察的责任了。

我镇静地回答说：刚才大家都在录像中看到，禹杰抽完烟后，将烟头扔向垃圾篓，烟头在空中划出一条美丽的抛物线，准确地飞进了垃圾篓中，请问一位生病的人，精神萎靡、神志不清的人能做到吗？

律师又不作声了。但是过了一会儿，律师又回到这个问题上了。

这位律师一定认为这是一个重要的突破口。我心里早就不高兴了，中国有句俗话，"事不过三"，你这都是第四次问相同的问题了。

我把语速放慢，力求以最准确地发音，把每个字都送到陪审团的耳朵里：我认为，他当时就是因为自己的犯罪行为被警察抓住后，精神紧张的头痛，不是生理上的头痛。我告诉你，律师先生，你现在就让我非常头痛，因为你给了我太多困难的问题！

话音未落，法庭上所有的人，包括陪审团都哄堂大笑，律师再也不问这个问题了。

我在回答问题时，特别注意陪审团的态度。陪审团的态度将决定禹杰是否有罪，决定我们全体警察的努力是不是合法，会不会白费。法官绝少说话，主要是听。

律师问我：假设禹杰突发疾病，你认为应该如何办？

我知道这个问题不是给我的，是给我后面作证的爱尔兰警察留的"坑"。我不客气地回答：我不能回答假设的问题。

律师解释道：这只是一个假设，我们只是来探讨一下，一旦发生应该如何办。

我心想你别来这套，说：不能探讨，发生就发生，没有发生就没有发生，这种假设我不能回答。多一事不如少一事，我在这里封死了，后面爱尔兰警察就没事了。

但律师硬是不干，他反复追问我这个事，我就假装没有听懂他讲的英文，变成我反复叮问他说的是什么了。庭审很胶着地进行着，最后法官看不过去了，他直接要求我回答这个问题。对法官不能像对律师似的，法官大人的话是要听的。

我转过身，面对法官说：律师给我的问题是个假设的问题。

法官说：我知道，请你就这个假设的问题作个回答。

我说：好，我可以回答这个假设的问题，但是我的回答不是假设的，是真实的。如果讯问时，嫌疑人突发疾病，警察应该做的首先是打电话叫救护车，应该请专业的急救人员尽快到现场进行抢救。警察不是急救的专业人士，只能做些放平身体、解开衣扣类的简单救助，不能擅自动手，否则有可能发生难以挽回的后果。如果爱尔兰警察接受过急救专业训练，取得资质，可以在他所培训范围内开展急救，超出范围也不能乱动。

律师和法官都愣住了。他们没想到我把急救这个事推到了医务人员身上，与警察无关。

就这样，我又在"盒子"里站了整整一天，我对约翰说，七个小时了，我已破了你们爱尔兰的纪录。约翰苦笑着，毫无办法。

第三天我又去"盒子"里待了一整天，三天下来总计十一个小时，如果不是我第三天晚上要回里昂，他们可能还不放过我。约翰调侃地说，法官和律师都没有怎么和中国人打过交道，法庭上来个外国人挺少见的，他们愿意和你多待会儿。

第三天庭审结束后，当晚我就要回里昂去了，没想到律师通过约翰邀请我到酒吧聊聊，约翰说，还没有听说过高傲的律师邀请证人喝酒的。我原来很少和律师打交道，这次出庭作证使我对律师有了新的认识。

回里昂后，一天约翰打来电话说，法庭最终以杀人罪判处禹杰终身监禁，不得保释。在一个没有死刑的国家，这就是最重的刑罚了。后来，爱尔兰警察总监专门致函国际刑警组织秘书长，对我在此案中表现出的专业水平和提供的热情支援和帮助表示感谢，秘书长在信上批道：All the best（尽善尽美）。但是对我来说，最难得的是在全中国二百万警察中，几乎没有人在"盒子"里站过十一个小时。

海湾悲情

此时平静无比的大海无情地吞噬了二十多条鲜活的生命，虽然他们进入英国的方式不一定合法，但是他们并没有死罪啊，他们只是怀揣着发财梦，却永远地客死他乡了。

任务来了

2004 年 2 月 7 日晚上，中央电视台《新闻联播》中播出一则新闻，2 月 5 日晚，英国北部莫克姆海湾涨潮时，二十余名中国籍拾蛤蜊者被潮水卷入大海，溺水身亡，我国驻曼彻斯特总领馆已派员前往出事地点调查。听到这则消息，我的第一反应就是，我的任务来了。果真，几天后，英国方面向我国提出协助调查的请求，我接到任务，率团赴英国完成案件调查和死难者身份识别等任务。

这个案子本身并不复杂，但是这次任务的意义特别重大，新一届政府刚刚执政不久，特别是经历了 SARS 的严峻考验后，首次提出和谐社会、以人为本的口号，全世界对中国充满了好奇和期待。

经公安部批准，代表团由五人组成，除我之外，还有公安部刑事侦查局打击有组织犯罪处的副处长老冯，老冯是位女同志，心细，负责打理代表团的生活安排、花销等。考虑到遇难者大多来自福建省，请福建省公安厅刑侦总队李副总队长和出入境管理处的陈科长参加。浙江省公安厅刑警总队的一位副总队长也参加了代表团。一是考虑到浙江也是偷渡人员比较多的省份，遇难者中如果有浙江籍的，他可以协助核查；二是浙江是盛产丝绸的地方，指望他多准备一些真丝礼物，这些礼品真帮了代表团的大忙。

到国外去工作，特别是去办案，最重要的是保持稳定的通讯联系。在国外会遇到各种意想不到的情况，外事无小事，及时请示上级是最要紧的，所以首先要与上级领导机关，公安部刑侦局、国际合作局联系好。另外，国内也要有人帮助核查外警提供的线索和情况，所以也与下面的福建省公安厅刑侦总队、出入境管理处、刑事技术 DNA 实验室，以及福州市公安局建立了直接联系。

另外，这个案子涉及偷渡和非法移民、非法劳工等多个敏感问题，媒体非常关注，我们主动和公安部宣传局、中央电视台都联系上了，中央电视台《新闻联播》还要走了我的照片，约定了连线时间。除此之外，我们还与英国案发地警察局长官和主管此案的警官建立了直接联系，也与我国驻英国大使馆和驻曼彻斯特总领馆建立了多种联系渠道。

案件协查的准备工作也在紧锣密鼓地进行。福建省和浙江省是偷渡多发地区，我们请两地公安机关在当地偷渡多发地区广贴告示，公开征询谁家有人在英国莫克姆海湾拾蛤蜊、2 月 5 日以后一直再没有联系的。电视新闻播出后，遇难者家属已有了担心，告示发出后没几天，福建省就有了反应，浙江省却没有动静。浙江的警察同行对我说，我们浙江人偷渡也是穿西装、打领带、拎着皮箱出去，这么辛苦的捡拾蛤蜊的活儿，浙江人早就不干了。

失踪人员线索主要集中在福建省的福清和长乐，这些家庭虽然预感到凶多吉少，但是在没有确认亲人死亡前，总是怀着一线希望。

我在国际刑警组织总秘书处负责"灾难死亡人员的个人识别"，英文叫 DVI（Disaster Victim Identification），辨认尸体、查清尸体身份是我的老本行。我把福建省公安机关反馈的家属辨认尸体和调查情况汇总，用国际通用的灾难死亡人员的表格进行归纳登记。

灾难死亡人员的表格分为黄色的"失踪人员信息表"和粉色的"尸体检验信息表"，前者是用于搜集和记录失踪人的体表特征，如性别、身高、体态、肤色、发型、牙齿等，包括胡子长得什么样，体表有没有明显的痣、瘢痕和手术疤痕等等，以及个人的基本信息，如家庭住址、职业、失踪时间、失踪时衣着、吸不吸烟等等。对中方来说，在确定尸体之前，这些人只是失踪人员，我们就用失踪人员表记录他们的信息。对英方来说，遇难者尸体的身份确定前，都是无名尸体，要用尸体检验信息表记录，主要包括尸体外表情况、解剖检验所见，以及衣着和遗物等。

个人识别的第一步就是将黄色的失踪表和粉色的尸检表逐项进行对比，看有哪些相同和不同，有的特征非常特殊，仅此一项就基本可以认定，比如，独特文身、特殊部位的痣、特殊瘢痕等。但是一般在体表肉眼辨认后，西方国家还要通过牙齿检验，我们中国人就没有这个条件了。我们可以搜集失踪人员的指纹与无名尸体做指纹比对，上世纪 80 年代后期兴起的 DNA 检验，是从分子层面区分不同的人，它的准确性最高。

此时，英国警方把遇难者生前、死后的照片，以及衣着、遗物的照片通过国际刑警组织传到北京，我们立即转给福建省公安厅，请他们逐一核查。当家属们看到亲人变成一具冷冰冰的尸体时，痛不欲生。

初到英国

3 月 4 日，我们一行人带着厚重的嘱托，从北京前往英国伦敦。前来送行的人中有一位中央电视台法制频道的记者，她说她要用摄像机全程记录这个案子，我真后悔，代表团里如能加上这样一位专职记者该多好。

当晚9时，我们终于到达曼彻斯特。走出机场后两位接我们的人迎了上来，一位是我国驻曼彻斯特总领事馆的胡领事，另一位是负责主办这个案件的英国兰开夏郡兰卡斯特市警察局的主任侦探史蒂文。老胡一见到我，就略带紧张地问我国内对领事馆行动的反映。因为过去对于这些涉及偷渡、非法移民的事，我们国家一概不承认他们是中国公民，常常采取置之不理的态度，掩耳盗铃般地表明我们国家不存在偷渡，不存在非法移民的现象。此次总领事馆的主动介入，意味着我们承认了他们是中国公民，如果国外质疑他们如何进入英国的，非法移民的事就暴露出来了，总领事馆在事发后向英方请求救援、总领事还亲自去看望幸存者，这样做也是需要胆量和勇气的。

史蒂文见到我们非常高兴，我在北京曾与他通过几次电话和邮件，这次一见面就跟老朋友似的。他说兰卡斯特是个很小的地方，涉及二十几个人死亡的案子非常少，而且死者的个人识别对于他们来说也非常困难，因为在西方人眼里，中国人长得都一样。史蒂文简单地向我介绍了今后几天大致的工作安排，我们便一同乘车前往酒店。

噬命狂潮

第二天，我们乘一辆不带警察标志的白色面包车，在史蒂文和几位英国警察的陪同下，前往出事的莫克姆海湾。

兰开夏郡莫克姆海湾位于英国的西北部，面对着爱尔兰湾，方圆三百多平方公里，海底地势平缓，没有礁石，貌似平静的海湾却以风急浪高流沙多著称。这里涨潮速度特别快，潮水浪头高，涨幅大，变化突然，涨潮时还伴有致命的流沙，每年都会夺去许多人的生命。

莫克姆海湾盛产鸟蛤，就是我们俗称的蛤蜊，或是青蛤。原来这个地方并不出名，英国蛤蜊的主产地在利物浦，不过那个海滩的蛤蜊被人们挖光了，挖蛤蜊的人就蜂拥来到这里。海湾里的流沙随着潮水不停地翻滚流动，海沙里的蛤蜊被挖后，潮水一涨，流沙一涌，就又有蛤蜊冒了出来。

车停在海湾出事的地方，一下车映入我们眼帘的是，海风轻轻地吹过，大海在温暖的阳光下极为平静，海水很浅，呈半透明的乳白色，海床非常平缓。而这就是夺去我们二十几位同胞生命的鬼门关。海滩上立着英文的警告牌，提醒人们海潮危险，还有一个据说用来发出涨潮警报的铜钟，都告诉我们这里是一个危险的地方。

我们在海滩上缓缓走着，随处可见搂蛤蜊的耙子和装蛤蜊的蛇皮袋子。海滩上一些地方摆放着当地中国人祭奠遇难者的鲜花，还有几支点燃和没有点燃的蜡烛，几幅已经模糊的字幅祈祷这些遇难者们天堂走好，还有已经干瘪的食物、筷子等祭品。在异国他乡见到这些，我们感到特别沉重。

史蒂文展开一张现场示意图，向我们详细地描述了当晚整个事发经过。2月5日下午3时，三十几名男女中国籍拾蛤蜊者挤坐一辆红色面包车来到海边；离海边一英里的海里露出一个三角形的、二三百平方米大小的小沙洲，当时潮水不大，车子涉过浅浅的海水，停在了小沙洲上。

拾蛤蜊者下车后，穿着雨靴，提着耙子和蛇皮袋子、绳子等简陋工具，向大海里步行了将近一英里，找到了合适的地方，开始捡拾蛤蜊。随着作业进行，部分拾蛤蜊者继续向前，逐渐地走进了大海纵深，距离小沙洲两英里左右的地方。

在英国对于没有任何特殊劳动技能的人来说，拾蛤蜊卖钱维持生活是完全没有问题的，但是法律规定，拾蛤蜊者要到兰卡斯特市的渔业协会登记，领取拾蛤蜊许可证。这些中国籍拾蛤蜊者没有合法身份，自然不可能取得许可证，只能在有证拾蛤蜊者离开后才能拾蛤蜊，而这个时候潮水随时会突然涨起来，是最危险的时刻；况且，在安全的时间里，有证者早把浅海里的蛤蜊挖光了，无证者只能朝远处深海里去。

5时，潮水开始缓慢上涨，没过了拾蛤蜊者的脚，拾蛤蜊者中没有人在意，继续干活。

6时，潮水上涨速度加快，许多拾蛤蜊者陷在膝盖深的流沙中，但他们仍然不加理会，继续加紧干活。

7时，潮水急速地涨到3英尺高，拾蛤蜊者被困在了齐腰深的海水中，行动困难。他们感到大事不好，踉踉跄跄地逃往刚才下车的那个三角形小沙洲，可是小沙洲已经被涨潮的海水淹没了。此时他们距离岸边有三英里左右，人在陆地正常行走三英里大约需要一个小时，在大海里脚踩流沙行走就非常困难了。

8时，潮水迅猛地上涨到6英尺高，恶浪卷来，已没到拾蛤蜊者的脖子，个子矮的甚至已被没过了头顶。国内调查发现，此时拾蛤蜊者中有人给国内亲人打了电话，说潮水涨上来了，国内的家人并不明白是怎么回事，不知道上涨的潮水意味着什么，意识不到困在零度的海里孤立无援的亲人此刻正面临着什么样的危险。

9时，天已经完全黑了，潮水涨到11英尺，一些拾蛤蜊者慌忙游向海岸，但是大部分人在伸手不见五指的茫茫大海中迷失了方向，巨大的恐惧向他们袭来。

9时13分，海岸警卫队从999接到第一个报警电话，此时浊浪滔天，潮水仍在急速上涨。国内调查发现，一名郭姓的男性遇难者此时给太太打去了最后一个电话，他急促地说："潮水涨上来了，我回不去了，你要带好孩子，照顾好自己，我永远爱你！"

9时26分，英国皇家空军、皇家警察的直升飞机和救生船紧急出动，海岸警卫队和警察开始搜索海里的拾蛤蜊者。

9时34分，第一名警察抵达海边的出事现场。四名幸存者借着海潮的推顶游上了岸，他们身体情况稳定，被带往兰卡斯特警察局了解情况。

10时1分，救生船救起一名男性幸存者——整个救援行动中只救出这一名幸存者，其他的拾蛤蜊者，除了个别的自己游上岸成功逃生外，置身于大海纵深的拾蛤蜊者没有一个幸免于难。这名被救起的幸存者并没有在海里和大家一起干活，他正在岸上休息，发现海水突然上涨后，眼看他的太太还在海里，就冲下海去救他太太，结果太太没有救上来，自己倒不行了，因为他离海岸比较近，被救生船救起。

11 时 13 分，少数幸存的拾蛤蜊者在 24 英尺深，接近零度的冰冷海水中垂死挣扎。

2 月 6 日 0 时，三名精疲力竭的拾蛤蜊者在生命的最后时刻终于被海浪冲上了岸，立即陷入昏迷，被送往兰卡斯特皇家医院救治。潮水开始消退。

2 时，又有两名已经虚脱的拾蛤蜊者被海浪冲上了岸。

3 时 20 分，潮水消退后，皇家空军直升飞机从水中打捞出第一具遇难者尸体。

4 时，又有两具尸体被打捞出。

6 时，在靠近 A6 海滨公路的一处仓库中，发现了两名浑身发抖的幸存者。

9 时，救生船员和陆地营救队从海水和流沙中陆续打捞出十五具尸体，用气垫船运到海滩上的皇家全国救生中心救生站。

10 时，陆地救援停止，海空搜救仍在继续。随后又发现四名幸存者，当地警方找来翻译人员开始向这些幸存者了解情况。

下午 3 时 30 分，又有两具尸体被打捞上岸，截止到此时，共发现二十具尸体，三女十七男。

最后也没有调查清楚，是涨潮时负责敲钟报警的人疏于职守，没有敲钟，还是这些拾蛤蜊者走得太远没有听到钟声，事故的原因不再有人提起。

我们随着史蒂文的介绍重现着事发过程，查看海滩，结合现场情况作了详细的笔记，并拍摄了照片和录像。我把史蒂文的那张示意图

同胞们，我们来看你们了，我们来这里就是为了带你们回家。你们的家人不可能到这么偏僻的地方来祭奠你们，可是他们日夜思念着你们。

要了过来，准备带回国去说明情况。在国外勘查现场更加要细致、全面，因为很可能就来这一次，不可能反复勘查，再说案子重大，国内外都很关注，要向国内，包括遇难者家属有个清楚的交代才行，所以我们工作得特别仔细。当然我也想让英国警察看看我们中国警察是怎样工作的。

下午前往莫克姆海湾察看现场的途中，我请史蒂文绕道去了趟花店，买了一束葬礼上用的花，还在卡片上用中文写道："遇难同胞们：我们接你们回家。中国警察代表团，莫克姆海湾，2004年3月5日。"

花是素白颜色，叶子是深绿色的，现场工作完毕后，我怀抱鲜花，向大海走去。我知道流沙是很危险的，但是如果我真的陷进去，后面中国和英国警察都会冲上来救我，所以我并不害怕。我细心选择落脚点，尽量踩在比较硬的沙子和别人留下的脚印上。

我心中默默地说着："同胞们，我们来看你们了，我们来到这里就是为了带你们回家。你们的家人不可能到这个这么偏僻的地方来祭奠你们，可是他们日夜思念着你们，时时刻刻都在盼望你们回去。我替他们为你们献上一束花，你们等着，等我们工作完了，把你们的身份一一核实清楚了，咱们一同回家。"我心中默念着，一步步走向大海。此时此刻平静无比的大海无情地吞噬了二十多条鲜活的生命，虽然他们进入英国的方式不一定合法，但是他们并没有死罪呀，他们只是怀揣着发财梦，却永远地客死他乡了。

我慢慢地弯下腰去，把鲜花放入平静的海水中，然后直起身子，久久地望着大海，鲜花在海浪的轻拂下，慢慢地向远处漂去。

要离开时，我看见几个拾蛤蜊者开着一辆拖拉机从海里把成包的蛤蜊运上岸来，他们是从欧洲其他几个国家来的，靠拾蛤蜊维持生计。他们说，拾蛤蜊这活儿不错，没有本钱，也不需要技术，工具简单。愿意长期干也行，临时干一段等找到更好的工作再离开也行。海边上有人专门收购蛤蜊，每公斤3英镑，一个人一天拾个十几公斤、二十几公斤都不费劲。我暗自算了一下，偷渡到英国来要付给蛇头30万人民币，按照每天捡15公斤算，一年半顶多两年就能把偷渡的钱还上，再十卜去就全归自家了，难怪这么危险的活儿还有那么多的人不知死活地抢着干。

最后我们还去了海滩上的英国皇家全国救生中心，唯一一名救出的幸存者就是他们救的。中心当值负责人是位年过六旬、面色古铜、白发苍苍的老人，他引我们上到二楼上，指着地图给我们介绍救生中心和事发当晚的情况。救生中心有七十名工作人员，每天24小时轮流值班；他们全部是不拿薪水的志愿者，平时各忙各的，业余时间来中心值班。

事发当晚，他们收到一艘过路船只的报警后，立即派出橡皮船展开搜寻和营救，还给我们播放了救援中用夜视仪拍摄的录像。录像显示，那天夜里天特别黑，浪特别高，他们的船出动后，看到离岸不远的海里有一个人在挣扎呼救，就把船开过去，船太小，运不回来，他们就呼叫直升飞机；飞机来了，他们把飞机抛下的绳索拴在被救者的腰部，直接将他吊走了，海水顺着被救者的裤子和鞋流淌下来。老人十分得意地对我说，他们免费把这段录像提供给BBC和其他电视台播出了，全世界看到的事发经过录像就是他们拍的。

离开救生中心，我们要到兰卡斯特警察局去参加中英双方首次情况交流会议。我特意回酒店换了身衣服，毕竟这是代表中国的形象。英方负责此案的兰开夏郡高级警官克莱夫·塔图姆打开桌上的幻灯机，首先介绍情况。他们将这次营救遇难者、遇难者身份识别和有关刑事犯罪调查命名为"龙德行动"，由兰开夏郡警察局领导和负责，兰开夏郡移民局参与调查，兰卡斯特市警察局具体承办。

出事当晚共有十五名中国籍拾蛤蜊者获救，英方不认为他们是犯罪嫌疑人，因此没有拘捕他们，他们开始被安置在当地一家社区中心，后来被转移到警官学校，受到警方的严密保护，他们吃饱穿暖、情绪稳定，随后警方将正式向他们了解情况。

截至目前，英方共发现二十具遇难者的遗体，案件发生后，英方非常重视也十分谨慎，紧急购买了新的冷藏设备，还在存放尸体的冰箱上安装了监控摄像机，图像直接传送到市警察局指挥中心，24 小时日夜严加监视，以防不测。

接下来，我代表中国警察汇报了我们做的事情以及取得的进展，并将国内搜集到的失踪人员照片与英方提供的遗体照片一一对应地打到银幕上，照片下方列出认定的理由，一是为什么此人有可能在莫克姆海湾灾难中遇难，比如有什么证据证明此人在莫克姆海湾拾蛤蜊，什么时间他／她与国内家庭失去联系。二是此人体表有什么显著特征，是对应哪具遗体上的相应特征进行认定的。随着照片一张张放出来，大家看到有稚嫩未脱的青年面容，也有饱经沧桑的中年面孔，生前照片上的生命活力与遗体照片上的僵硬冷冰形成了鲜明对照，会场上的中英官员不时发出惋惜声。

晚上吃饭时，史蒂文对我说，我的演讲大大地超出了英方预期，他们根本没有想到中国警察在短短的时间里能做到这种程度，他们倍感头痛的遇难者个人识别难题解决得如此顺利。他还问我，你知道演讲结束后怎么没有人出声吗？我当然记得最后尴尬的沉默和随后而至的掌声，他说那是因为你们的工作太出色了，我们都惊呆了，一时不知道说什么好了。他还说起下午的花祭亡灵，说他特别感动，在英国只有自家人才会这样做。我的确也是替那些无法过来的遇难者家属献上一束花，我能感到，自从下午献花后，英国警察对我们和气多了。

首战告捷

周一，我们正式开始做遇难者的身份识别工作。中国的古训是：天下难事，必起于易。因此我主张先易后难，一来可以增强信心，二来通过先对容易的进行识别，可以摸一摸这个案子身份识别上有什么规律。

从今天开始和我们一同工作还有一位老戴先生。老戴先生原籍香港,后来全家移民到英国,通过考试当上了英国警察。他那一口香港味的普通话,让我们感觉亲切多了。老戴是曼彻斯特市警察局的警察,案件发生后,因为他懂中文,派来支援兰卡斯特警察局。虽然英国没有全国统一的警察系统,但是一个地方发生案件,需要特殊技能的人时,只要向拥有这样特殊人员的单位提出请求,这个单位就会把所需要的人派过来,条件是从支援之日起,包括工资,所有补贴、费用都由被支援单位出。这种地区间的支援有时甚至比有中央集权体系的运行得还顺畅、高效。

兰卡斯特警察局专门为我们辟出了一间大办公室,应该是"龙德行动"专案组的地方,墙上还贴着十五名幸存者的照片、姓名和个人资料。我连忙让团里的同事将他们逐一拍照下来,以后没有准儿有用。办公室长桌子上堆了一大堆文件夹,每一个夹子里装着一名遇难者的尸体照片、尸体检验信息及遗物照片等资料,我先把这些遇难者的尸体照片浏览一遍,发现全部遇难者都面色苍白,口唇青紫,口鼻处均有蕈形泡沫。所谓蕈形泡沫就是在口鼻处被蘑菇样的圆形泡沫包裹着,这种泡沫是液体吸入肺脏后,刺激细小支气管分泌出大量富含蛋白质的黏液和渗出的血浆,黏液和血浆被呼吸动作反复抽吸,与肺内空气混合,形成细小、均匀、粉白色、黏稠、稳定的泡沫,是认定溺死的主要特征之一。个别遇难者身上还可以看到鸡皮疙瘩,这是在冰冷水中溺死的特有改变。尸体解剖照片显示,死者的气管、支气管内有血性的泡沫样分泌物,肺脏肿胀,表面凹凸不平,有出血斑,肺的切面上有暗红色血性泡沫液体溢出,这些都符合溺死改变,对他们的死亡原因没有疑问。

几名英国警察配合我们工作,他们每人负责几名遇难者,我代表中方负责全部遇难者的工作。中午1点多时,我们已完成了十五名遇难者的身份确认工作。

下午，英国警方安排我们乘坐直升飞机从空中观察整个出事海湾，然后中英双方将在海滩上就地举行新闻发布会。

因为要直接面对西方媒体，而且已经来不及请求国内了，我只好请史蒂文安排我与发布会的主管一同吃午饭，以便提前准备。这位新闻官叫皮特，一见到他，我就先发制人地说，涉及非法移民的问题不能问，涉及非法劳工的问题不能问，涉及遇难者家庭、他们怎样离开中国、怎样进入英国的问题不能问等等，我在最短的时间里迅速设置了若干个"不能问"。皮特不恼不怒地连声说，没有问题，我能控制。后来他又拿来了一页打印的电子邮件让我看，邮件上列出了十个问题，我划去了一大半，皮特不动声色地看着我。过一会儿，他接了个电话后又拿来了一封邮件，又是五个问题。我对皮特说，你疯了，太多太多问题了。皮特说，我不让他们问。

饭后，我们乘坐直升飞机飞到了大海上空，从空中看清了那个三角形的沙洲，以它为标志，进一步看清了事发地的地形，我们在空中拍摄了现场全貌。说来也巧，我们两次来看现场，大海上都是风平浪静，我想一定是这大海为它曾经的无情肆虐向着我们表示忏悔吧。

飞完了，我们一同来到一处宽阔平坦的海滩上。卫星转播车已停在一旁，巨大的圆"锅"支起对着天空。海滩上云集着一两百名记者，到处架着摄像机。媒体采访开始，没有主持人，没有客套话。第一个发问的是BBC的记者，他问完我对这一事件的看法后，突然问我：中国政府认不认为他们是受害者？我立即意识到，这个问题的背面暗藏着一个陷阱，但绝不能卡壳，我平静地说，他们是受害者，因为他们来到英国，只是想通过自己的劳动赚钱养家，但是他们不知道危险正在来临，最后失去了生命，所以他们是受害者。这样的回答，撇开了非法移民、非法劳工的话题，记者也就不再追问下去。他又问道，你们进行受害者个人识别是为什么？这问题实际是在为下一个问题"身份识别清楚后怎么办"作铺垫，于是我说，是为了人权，每一个人的权利不仅是在生前，死后也要弄清楚谁是谁，这是死者最基本的权利，也是对死者的尊重。最后，记者干脆单刀直入地问道：事件处理后，遇难者的尸体你们准备怎么办？这就难办了，总领事有交代，遗体处置这个事儿不能在此时告诉英国人，但是这个问题问得太直接了，英国又有遗体安葬于自家墓地的传统，我总不能回答"需要听从我国政府的指令"吧，可以想象，明天报纸上就可能出现"中国政府对是否运回本国遇难者尸体尚未定论"的大字标题。我硬着头皮说：我们来这里做遇难者身份个人识别，工作完毕，身份确认后，我们将把他们运回中国，交给他们的家人妥善地安葬。

接下来，天空新闻（SKY NEWS）、当地电视台、广播电台、平面媒体的记者一个个接踵而来，经过几个记者的盘问和追问，我也摸索出了"一定之规"，从容和主动多了。

新闻发布会终于结束了，刚才一直不见踪影的皮特这会儿不知从哪儿冒了出来，我一把揪住他：你的控制在哪里，快把我弄死了。史蒂文在一旁哈哈大笑，说他们每次也都是吃皮特"控制"的亏。

我和史蒂文钻进汽车，准备返回酒店。史蒂文很有经验，一上车他就打开车上的收音机，里面立即传出我刚在海滩新闻发布会上回答问题的声音。我很是感慨：人家这个效率多高呀！这时，我的手机响了，一看是总领事馆来的，最担心的事情发生了。电话那边传来一个不容置疑的质问声音：谁让你回答有关遗体处理的问题的，你的说法会干扰我们的处置。我连忙检讨说，当时问得太急了，一不小心说漏嘴了，请您原谅吧。电话那端仍旧怒气未消地猛批一通儿，我就认准了一条，一个劲儿地检讨。

事情好歹过去了，一进宾馆，BBC正在演刚才海滩上的新闻发布会，我说了那么多中英如何合作，如何打击犯罪，人家都掐了不播，单播他们是受害者和遗体将运回中国的一段，可见对西方人来说，什么是最重要的。

身份大白

第一天完成了十五个容易的，第二天就没有那么顺利了。整整一天工作下来，我们才确认了四名遇难者的身份。像昨天那样，经过逐一比对，英方发现的无名尸体以及遗物的特征与我们调查所掌握的失踪人员及家属提供的遗物特征完全吻合，并经过遇难者家属辨认，最终确定死者身份的，这是两国合作的身份识别中最简单的一种。

第二种是英方发现了尸体，但由于遇难者是非法进入英国，英方只掌握假名字，我们通过国内调查，可能遇难者的家庭提供了真实姓名和照片，通过照片、人体特征和遗物的比对，从而甄别并确认了其真实身份。第三是在西方人眼中，中国人长得基本都一样，很容易弄错。刚开始，英方共发现了二十具尸体，可提供的尸体资料却是二十一人，经过反复甄别，最终发现是一具遇难者遗体编了两个号，误认为是两个遇难者。我们跟英方商量，去除了一个编号，使这名遇难者的身份得到确认。第四的情况比较复杂，就是一些极为特殊的个案，弄清每一个都下了很大的功夫。

我们到英国后，英方又提供了一封辽宁某男子写给史蒂文的信。信中说他的母亲在英国捡拾蛤蜊，他们每周末都通电话，事故发生后却再也没联系上她。写信者留下了他母亲的资料和照片，以及他的手机、座机、通信地址和邮箱地址等诸多联络方式，可见寻亲心情之急迫。

我们先拿这名男子提供的他母亲的年龄、身高、体重和照片与为数不多的女遇难者遗体的资料进行比对，发现她们都差不多，无法确认，而且这三名女遇难者的身份都已经得到了确认。不过调查中发现了一名非法入境的中国女子在英国兰开夏郡移民局拍摄的照片，如果她没有其他谋生手段，极有可能靠捡拾蛤蜊为生，她有没有可能也是遇难者呢？

家属提供的照片是一名在公园里怀抱小孩的女子，两眼有神，满脸微笑，丰满圆润；而移民局的这张是表情僵硬，目光呆滞，消瘦干枯；而且一个背光，一个强光，很难确定是不是同一个人。我们把移民局拍摄的照片传回国内，说明情况，请求协查。辽宁当地公安机关找到这位写信的男子，请他和其他家属对移民局的这张照片进行辨认，家属们只看了一眼就咬定照片上的这个女人就是他们家的人。家属们提供说，由于她在英国没有固定住处，怕护照丢失，就把护照寄回国了。

家属进一步提供，该女子项部有颗黑色瘊子、左腋下有块胎记，离家时佩戴了一条约 30 克重的黄金项链、一枚黄金戒指、一副桃形黄金耳坠，一条细项链上挂着一枚翡翠佛坠，根据这些资料，与女遇难者遗体及遗物比对，还把以上两张照片以及三名女性遇难者遗体的照片用幻灯机放大同时打到墙上，逐点进行对比，寻找面部的细微特征点，最终发现与三名女性遇难者中的一人完全符合，项部长瘊子的人不少，但是瘊子和胎记同时能对上的就不多了。

原来，碰巧有两名女性遇难者的年龄、身高、体重都差不多，随着死后尸体变化，她们面部肿胀，相貌看上去很难区分，再加上两个中文名字音同字不同，翻译成英文后就变成了相同的英文名字，致使英方把一位女遇难者的两张照片对应在两位女遇难者身上，直到辽宁这位女遇难者的资料出现，真相终于大白。

还有一名可能遇难者的身份确认颇费周折。国内调查时，家属反映，他儿子的手腕上文有一个"忍"字，但是我从英方提供的全部遇难者尸体表面检查中都没有见到"忍"字的文身记录。我向史蒂文提出要到殓房去查看尸体。史蒂文说，根据英国法律，查看与案件有关的尸体要得到验尸官的批准。英国历史上的验尸官不一定都懂医学，可以是从事任何职业的人，但必须是当地德高望重、令人信服的权威人士，他们由国王任命，专门判明死亡者是自杀还是他杀，因为按照法律，如果认定是自杀，死者生前的财产就都归英国王室所有。随着现代科学的发展和司法的需要，当代的验尸官已经由医学或是法医学专家担任了。

史蒂文把我按到电脑跟前，让我写个查看尸体的理由和尸体号码。我刚写道"为了查找文身"，突然转念一想，干脆把我有疑问的尸体全部写下来——有的是家属提供说身上有瘢痕、皮肤色斑、痦子、瘊子等特征，但英方记录中没有，有的是家属提供的这些特征的部位、性质、形态、大小的描述与英方记录不完全相符，共有七具遗体上有出入，我都要直接查看。

当晚，负责本案的验尸官哈沃德·迈克·坎同意了我的请求，但提出只能去两个人，而且查看时须有英方人员在场，还要对我查看到的情况进行拍照记录。他们可能也想看看尸检中漏掉了什么。英国的个人识别和法医学在世界上享有盛名，DNA 技术就是他们发明并率先用于法庭科学，全球第一个 DNA 数据库也是英国建立的，恐怕不愿意被我们查出问题来。

我请福建的李副总队长跟我一起去，他从事刑侦工作多年，看尸体还是比较有经验的，再者作为福建公安的同志，也是个见证。

我告诉李队长，他的任务只有一件：拿着我的摄像机，把尸检的全过程录下来就行了。

这是我唯一的一次机会直接检查遇难者遗体。尸体冷冻保存得很好，全部遇难者体表没有致命性的刀刺、斧砍、棍打、锤敲、砖拍、拳击、掐勒、闷堵、火烧、枪击、腐蚀等外伤；随着死后时间的延长，口鼻处的蕈形泡沫已经消失不见了，只留下干燥的白色痕迹。遇难者的口周、鼻孔、耳廓、眼窝、头发和指甲缝里残留有少量泥沙，真实地展示了他们曾在流沙中挣扎求生的痛苦经历，从尸体外表检验中我进一步证实了他们全部是溺死的。

我仍然没有发现文身,我逐个查验青年男性尸体,终于用随身携带的放大镜在一名青年男性遇难者的腕部观察到密集成片的细点状疤痕,再仔细看,疤痕的形态和走势显示了个"忍"字,这应该就是家属说的那位有文身的小伙子。我推断,应该是这名遇难者到英国后,用激光除去了原来的文身,而国内家人并不知道。英方的陪同人员赶紧把这些疤痕拍了下来。

史蒂文很好奇,这个年轻人文的这个字是什么意思呢?为什么后来又要去除掉了呢?我慢慢地解释讲给史蒂文听,这个小伙子纹的是"忍"字,中国文化中讲究"小不忍则乱大谋",年轻人心高气盛,遇事忍耐不住容易冲动犯错,小伙子文个"忍"字时刻提醒自己。他来到英国后,社会和文化氛围变了,自己饱经了生活磨砺,人也长大了,这个文身对他的意义也就起了变化。而且华人和懂中文的英国人一旦看懂文身的含义,就知道他是个爱冲动的人,就会被别人看不起或者对自己有了戒备,即使自己表现得再好,人家也会认为是在忍耐着,是假装的,不是真心的,所以他自己就把文身去除了。从喜爱这个文身、需要这个文身到主动去除这个文身,是一个人成长和成熟的过程。史蒂文听得很起劲。

整个查验尸体的过程中,李副总队长一直非常认真,查验前我匆匆教他操作摄像机,但是他还是按错了按键,没有拍成录像,倒是每按一下都拍下一张照片,摄像机变成数码相机,也不错。

3月10日晚上,我们顺利完成了全部二十具遇难者尸体的身份识别工作,其中十九名来自福建,一名来自辽宁。十八人的身份得到"确认"——指通过体表特征的检验比对,以及遇难者家属的辨认,即便不通过DNA检验也可以确认遇难者身份;两人"基本确认"——指通过体表特征的检验比对已做出初步确认,还需用DNA检验作最终确认。当然,按照国际法庭科学鉴定标准的要求,无论是"确认"还是"基本确认",都要经过DNA检验确定。

我们国内调查中搜集到了二十二名疑似遇难者的资料，再加上来自辽宁的一人，总共是二十三人。还有三人下落不明。这三人有几种可能，第一种可能是人遇难了，但是遗体被海流裹挟到深海或远离出事海滩的地方，或者是尸体被流沙掩埋，尚未被发现；第二种可能是人还活着，悄悄上岸后，害怕被警方抓住遣返，逃走后藏匿起来；第三种可能是根本没有在这里捡拾蛤蜊，人员失踪与事故发生的时间纯属巧合。这三人都是福建籍，我们将他们的资料转交英方备查。至此，英国莫克姆海湾遇难的中国籍拾蛤蜊者的身份识别工作告一段落。

工作快结束时，史蒂文告诉我，一名英国女议员想见我。与政治家打交道是个敏感的事儿，这回我也学乖了，先打个电话给总领事，总领事斩钉截铁地说，不见！史蒂文苦口婆心地劝我，说这个女议员人特别好，一直呼吁取缔非法劳工组织，保障中国籍拾蛤蜊者的权益。事件发生后还在国会批评政府打击非法劳工组织不力，对这么多中国籍拾蛤蜊者的死亡负有不可推卸的责任。没办法，面对一脸疑惑的史蒂文，我只得再次婉转又坚定地拒绝。

启程回国

3月11日上午，我们应邀到兰卡斯特市警察局出席"德龙行动"阶段报告会，各专案组的负责人都到会；兰开夏郡警察局的指挥长是位女士，聊起来一点也不像警察，倒像是位邻家大妈，说到案子、尸体还露出了十分惊讶和害怕的表情，还时不时地说上几句外行话。结束时，女指挥长还送给我们每人一个专门制作的木质盾形徽章，上面有兰开夏郡警徽，以及"莫克姆海湾惨案"字样和惨案发生的时间。从这个特制礼物可以看出，英方对此案的确是高度重视。

会议结束，这次任务算圆满完成，转天我们就离开兰卡斯特去往伦敦。因为路过曼彻斯特，我特意去拜访了总领事，不知海滩媒体会的事他还生气不。还好，听了我的汇报后，他很高兴，说，由于遇难者身份识别进展顺利，现在中英双方合作得很好，遇难者遗体会很好地处理的。看来，海滩媒体会的事不用提了。

到了伦敦，眼看就要和史蒂文他们分手了，大家一起找了一家餐馆吃晚饭。我点了一款蛤蜊炒意大利面——别人都不响应，都说那上面沾着中国人的血。可是，不尝尝它们有多好吃，怎么能体会出海边拾蛤蜊的价值和艰辛呢。我的面鲜美无比，也是几盘中最贵的，只有三四个蛤蜊。海边上蛤蜊3英镑一公斤，到超市里就变成了15英镑，餐馆里恐怕变成30英镑一公斤了。

在伦敦警察的安排下，我们去了伦敦中国城的查理十字街警察局。中国城坐落在伦敦市中心，紧靠白金汉宫，这个警察局就是负责维护中国城的治安。警察局里墙上有张组织机构图，上面完全是针对中国人违法犯罪的特点设置的机构，名称也是处、科、股、队什么的。局长詹姆斯的办公室中，一侧墙角搭着一个佛龛样的架子，供奉着中国的忠臣良将红脸关公，两侧贴着红纸金字的中国对联，整个警察局里充满了中国元素。还真是管理中国城的警察局。

詹姆斯局长对我说，中国城里最多见的犯罪是两种，一种是放高利贷，一种是非法倒卖香烟。前一种不难理解，中国人要在英国生存，就要做生意，没有本钱，只能去借高利贷；英国与我们中国一样，实行烟草专卖制度，没有执照是不能卖香烟的，一些中国人从海外走私香烟进来，再卖出去，从中赚钱。詹姆斯补充道，总体来说，中国城的治安还是比较好的，中国人普遍比较老实，只顾埋头辛勤工作，挣钱养家，盼着子女能有出息，一般不惹事，他这个局长也挺好当。

詹姆斯引我到一间视频监控室，原来中国城里到处都架上了视频监控摄像头，中国人的一举一动英国警察都能看得清清楚楚。正说着，镜头里出现一个中国女子，詹姆斯马上让值班警察把镜头推进，果不其然，女子手提袋子中露出了一条香烟的一角。

出了中国城，我们应邀去赴驻英公使的晚宴，公使充分肯定了我们的工作，说这个案件是中英双方合作的成功范例；我忍不住问公使，曾经有个英国女议员要见我，到底应不应该见呢？公使说为什么不见，这个女议员对我们帮助很大，多次在议会帮我们说话，是个很好很难得的重要人物，平时想见她还找不到。公使这么一说，我心中的遗憾又深了一点。

魂归故里

4 月下旬，史蒂文率英国警察代表团一行九人来到中国，采集遇难者家属的 DNA 样本，以便进一步确定身份。

仍然按照先易后难的原则，我们先去了辽宁沈阳，很顺利地取到了那名女遇难者家人的 DNA 样本。东北人确实性格豪爽，经得住事儿，悲痛归悲痛，对我们的工作十分配合，临走前还一再感谢，不失风度。

遇难者最多的福建，情况复杂，我们做好了心理准备。当汽车从福州前往福清和长乐时，路边的景象让史蒂文明白了为什么那么多中国人要背井离乡地跑到英国拾蛤蜊。在破旧的农舍间，掺插着一些崭新的四五层高楼，屋顶上装饰着二龙戏珠等各种花饰，楼外面装着观光电梯，屋内装修豪华，卡拉 OK 厅、台球厅、健身房、酒吧等一应俱全。这就是跑到英国去的人，苦干几年后回乡盖的房。

随着在英国"成功"的人不断增多，邻里间竞相效仿，最后的结果就是非法进入英国的人越来越多。而且福建老乡们特别抱团，初到英国最艰难的时候老乡们都会主动提供帮助，等后来混好了也就特别愿意帮助新来的人，一代代传下去，很快地在海外站住脚。

福建的事情不太顺利，当地政府工作人员将群情激奋的遇难者家属集中起来进行动员后，发现他们早已相互串通好，一致拒绝提供 DNA 样本，要求英方对他们亲人的死亡进行赔偿，最起码要先把偷渡用的 2 万英镑（合 30 万人民币）赔给他们。

英国警察感到非常吃惊，完全不能理解家属们的要求。在他们看来，来华提取遇难者家人的 DNA 样本，目的是帮助遇难者家庭确认亲人已经遇难，是一件善事，怎么家属反倒不配合呢。

两天过去了，家属们的态度反反复复，我们连一份检材都没有提取到。英国警察有点沉不住气了，史蒂文对我说，我们来提取检材是办案必经的程序，如果实在有困难，我们空手而归也没有什么，只要说明情况，我们没有责任，只是案件缺乏了证据。我劝他不要着急，当地政府正在分析家属的情况，选择比较容易做通工作的家属加紧工作，一旦有一家松了口，我们就好办了。

这时，一名蓬头垢面的青年妇女领着一名衣着破旧、光着小脚的三四岁男孩悄悄找到我们工作组。她喃喃地说，愿意让我们提取她和孩子的 DNA 带回英国。她说，她不知道她丈夫是不是在这次灾难中死了，遇难者名单中并没有他的名字，但是从出事那天起，她再也没有收到过丈夫的音信，所以她怀疑她的丈夫很可能也遇难了。她用手指了指史蒂文，对我说，英国警察来一次不容易，请他们带回去她们母子的 DNA，以后万一发现丈夫，还能对上，如果没有带走，就是发现死了也不可能对上了。

望着她乞求的眼神，我和史蒂文商量了一下，因为还有三位遇难者没有发现，我们同意先取她和她儿子的 DNA 样本留存。取样本之前，按照规定要确认这个孩子一定得是她和她丈夫生的，我们看到她略带尴尬地点了点头，头埋得更深了。

她不知道怎样提取 DNA 检材，做好了削皮剜肉的准备，还一遍遍地哄孩子不要怕疼，妈妈先来。后来我们只是用两支棉签样的拭子，分别在她口腔内左边和右边来回擦了擦，没有任何损伤和疼痛。她才放下心来，抱起孩子帮我们顺利地取了检材，这是我们在福建提取到的第一份 DNA 生物检材。

几天过后，我们收到英方消息，在莫克姆海湾一条河流的入海口，发现了一具高度腐败的尸体，从衣着和随身物品看，应该是这位女子的丈夫。我急忙把这个消息告诉了当地警察，请他们通知这位女子来工作组。

　　哪知道，这位女子住在一个偏远的小海岛上，过来得自己摇橹几个小时非常不容易；而且晚上岛上没有电，四处漆黑一片，也没有办法通知到她。

　　转天好不容易通过电话找到了她，她的语调出奇地平静，好像一切都在她的预料之中，只淡淡地说了一句：谢谢你们，我就不过海来了。我无法想象今后她一个人带着孩子怎样生活，怎样去偿还偷渡时的30万元巨款，只能默默地祝福她将来能有个好的生活。

　　与此同时，当地政府的说服工作终于取得了初步进展，我和英国警察开始一户户地约谈家属，逐一提取有血缘关系亲人的DNA生物检材。这过程中，我见到了年龄最小的遇难者的父亲。这位父亲衣着光鲜，体态发福，五十岁不到，却拄着一根精致的拐杖。原来这个家庭经商多年，已是十分富足，儿子完全没有必要去英国拾蛤蜊，可是年轻人看到别人到英国发了财，吵着也要去闯世界，结果把命抛在了英国。这位富有的父亲是遇难者家属中要赔偿闹得最凶的一个，也可能是生意做久了，凡是得到和失去的都想用钱来衡量其价值，可是一条鲜活的生命要值多少钱呢。

　　我还见到了当海潮已经快要没过头顶时，给太太打电话永别的那位男士的太太。当英国警察拿出一个粘着海沙、绣着一对鸳鸯的小红布荷包给她看时，她一把抓过荷包紧紧地贴在自己脸上，放声痛哭；这个红荷包是她亲手缝的，上面还用毛笔写了美好的祝愿，让丈夫放在心口处保佑平安，如今墨迹斑驳，人已不再，这位太太睹物思人的悲凉情景，让我们这些见惯死亡和尸体的职业警察也唏嘘不已，不忍再看。

就是这样，一个个家庭悲剧看下去，一份份 DNA 样本取回来，我们顺利地完成了遇难者家属的 DNA 样本采集工作。

　　转眼到了 9 月，随着最后两具遇难者遗体陆续被发现，遇难者身份识别工作全部结束了，最终确认共有二十三名同胞在此次海湾灾难中遇难。在我国政府和驻英使领馆的大力协助下，一架中国民航的包机载着这二十三名遇难者的遗体飞回福州，将他们集体安葬在了家乡的土地里。

　　远在大洋的彼岸，中国籍拾蛤蜊者仍在莫克姆海湾上辛勤地劳作着。

黑白鸳鸯

年三十是中国人最期盼的一天，屋外寒冷，屋内炉火熊熊，烧的竟是一位曾经魅力四射的女性的胴体，烟气、水汽、焦味、糊味在屋里肆意弥漫。

并不困难的开端

2006年春节长假过后，一位曹姓的先生来到房山公安分局报案，说他的妻子陈红整个长假都没有在家，已失踪了好几天了。

在全国公安机关2004年开展的"命案必破"侦破杀人案件专项行动中，北京市公安局创造了一种新的侦查方式，"立线侦查"，意思是说，对于有稳定工作、稳定收入和貌似稳定家庭的"三稳定"人士，一旦发生原因不明的失踪，就视为被害。也就是说，侦破命案已突破"死要见尸"的局限，将失踪案件当作命案进行侦查，因为这种"三稳定"的人不像是居无定所到处打工谋生的流动人员，没有理由在不告诉家人的情况下突然离家，杳无音信。

虽然"立线侦查"这个名字起得不够准确，外行人一下子也不明白是什么意思，但是这样做确实能抢占先机，抓紧宝贵时间，以免拖得太久，相关信息大量流失，比如人的记忆，一般来说，如果没有特殊的时间节点，一周前的事情就记得不太清楚了。

按照工作机制要求，像陈红这种的疑似命案，立即从分局转到了市公安局刑侦总队。我们很奇怪，一般家里人失踪后，小孩一天，甚至半天，大人两三天，最多是四五天就会报案，春节是家人团聚的日子，为什么一定要等到长假过后才来报案呢？

办案就是这样，首先要能提出问题，找出答案的过程就是侦查推进的过程，问题解决不了不要急，答案往往不是一下子就能找到的，随着侦查的深入，问题总会有答案的。旧的问题解答了，新的问题又会出来。如果提不出问题，案子基本就没有希望了。破案就是一个提问题、找答案，再提问题、再找答案的循环过程，做到这一步就离破案不远了。

事不宜迟，我们立即围绕陈红的生活规律和接触关系展开背景调查。一般人平常生活中不会刻意掩盖自己，调查很容易会发现很多情况，我们很快就发现了陈红的婚外情。陈红的丈夫报案前，曾到她工作的区委机关去找，没有找到陈红，却从她的办公桌抽屉里翻出了许多贵重的珠宝首饰和名包，还有一本日记，里面栩栩如生地记录了陈红与一个名叫许志远的男人的交往过程，逐渐地揭开了陈红鲜为人知的另一面。

陈红虽已年过三十，可是从照片上看依然是风姿绰约。1999年初，二十刚出头的陈红毕业后，到房山区委办公室当上了打字员，她的顶头上司是时任区委办公室主任，47岁的已婚男子许志远。

许志远是北京房山区张坊镇人，出身农村，可自幼喜好书法，1988年从天津业余书画学院毕业，后师从书法家苏适，专攻赵体楷书和"二王"行书，在书法界小有名气，房山区里时常能看到他给人家题写的字匾条幅。许志远在官场打拼多年，陈红失踪时，他是房山区政协副主席，正局级领导干部。

许志远和陈红的相恋也始于书法。一次陈红给许志远送文件，看见他正在写书法，顿生好感，文化水平不高的陈红当即表示要拜许志远为师，研习书法。之后二人很快确定了稳定的情人关系。

一晃几年过去，陈红为许志远献出真爱，她幻想着许志远能离婚，再与她白头偕老，但是许志远并不愿意离婚再娶，两人就这样半明半暗地过着。陈红求过许志远，和他哭过，闹过，婚外情女人的心是最敏感的，久攻不下，弄得陈红神魂颠倒，精神萎靡，长期失眠，不得不两次住院治疗。随着年龄的增长，几乎绝望的陈红不得已嫁给了现在的丈夫，却仍然与许志远保持着情人关系。日记中有陈红对许志远的真情流露，也有对许志远的恨之入骨。

　　爱是有预感的，恨更是有先兆的，自打陈红与许志远彻底翻脸，就隐隐感到危险的来临。一天，她在日记里写道，夜晚，大雨，独处，惊闻敲门声，一问是许志远的司机刘晓明，突然感到刘晓明是来杀她的，顿时魂飞魄散，异常恐惧，战战兢兢地打开门后，才知道刘晓明是要带她去买电视机。陈红的这种预感不是没有道理的。

　　人类社会与动物世界在某些地方很相似。在非洲草原上生活着成千上万只斑马、角马、羚羊、野驴、水牛，当它们过着群居生活，铺天盖地般地觅食、排山倒海般地奔跑时，无疑是安全的，再凶猛的肉食动物也奈何它们不得。但是当其中的一只脱离了群体，不管它多强壮，离死就不远了，因为但凡脱离了正常群体和生活轨迹就会有生命危险。

　　人也是一样，一个人如果脱离了正常人的生活轨道，过着与大多数人不一样生活，就处于一种危险的状态。婚外情就是一种脱离了正常生活轨迹的情感状态。正常婚姻由于有法律的保护，是一种以理性为基础的稳定的两性关系，婚外情缺乏法律保护，是一种建立在感性之上的不稳定的随意行为，因此，婚外情这个东西，好起来时，发誓赌咒，非对方不可，杀原配的心都有，一旦坏起来，说翻脸就翻脸，再哭再闹也没有用，只能是适得其反，杀对方的心就有了。虽然陈红在日记里充满怨恨，但是失踪的是陈红，不是许志远，那可不可能是许志远干的呢？

案子牵涉到局级领导干部，我们刑侦总队和市公安局没有权力再查下去了，必须要向市委主要负责领导汇报。趁市委副书记、市委政法委书记强卫同志来刑侦总队时，我们做了汇报，主要情况是失踪人员陈红与许志远保持着不正当男女关系多年，许志远具有重大涉案嫌疑；估计许主席亲自动手的可能性不大，他有个司机叫刘晓明，两人关系密切，极有可能是许志远雇凶杀人；但是现在我们手中没有掌握直接证据，陈红的尸体还没有找到，作案现场也没有发现，我们建议从许志远与陈红的关系入手，审查许志远，如果有进展，再来攻刘晓明。

强书记平静地听完，当即表态，不管是谁，只要涉嫌犯罪，一定要一查到底。他说，从法律上说，人大代表不经过同级代表大会或常务委员会批准不被逮捕，但是对政协委员没有这个规定，所以完全可以正面接触许志远。我们还建议，为慎重起见，是否以纪委的名义出面先找他谈谈，强书记说，可以以纪委的名义，但一开始就要有公安的人参加。有了领导的首肯，侦查员客客气气地把许志远请到了刑侦总队。

并不顺利的进展

56岁的许志远方圆脸，中等身材，微胖，一头染得乌黑发亮的头发整齐地向后梳起。他身上既有领导干部的范儿，又有乡下农民的土劲儿，还夹杂着一股子在社会上打拼多年的江湖气，这是学校培养出来的干部所没有的。

许志远不慌不忙地迈着领导干部惯用的稳健步子走进审讯室，听清侦查员的问话后，他对陈红的突然失踪显得很惊讶。他痛快地承认了自己与陈红的不正当关系，并说最近他已认识到这种做法不对，正在逐渐拉开和陈红的距离。可陈红不依不饶，大吵大闹，还动手打他，甚至破坏他家庭的和睦关系，让他特别尴尬。陈红甚至口吐狂言一定要报复他，他感到很害怕，赶紧在自家窗户上装了防护网，出门也特别注意，时刻提防有人加害他和他的家人。今年为了过个安稳的春节，他们一家人不得已到外地旅游去了。

许志远语气坚定，眼神没有回避，这次接触可以说是一无所获。侦查员又和刘晓明谈了两次，刘晓明的态度更坚定，一问三不知。其实许志远和刘晓明心知肚明：活要见人，死要见尸，要说陈红被害了，那最能证明她死亡的尸体在哪呢？没有尸体，只要咬紧铁嘴钢牙，警察就没有办法。

初次接触的最大收获是这两个人的嫌疑更大了。警察抓个人，如果他是被冤枉的，通常会勃然大怒，大声斥骂，拼命喊冤，要找这个，要找那个，竭力证明自己是清白的，因为谁都知道，杀人偿命，可不是闹着玩的。当今揭露出的那些冤案个个都是这样，拼死反抗。

可是许志远和刘晓明振振有词，不急不恼，这本身就不正常。再说许志远和陈红相好多年，听到陈红失踪了，而且可能被杀死，一点悲痛和惋惜的表示都没有，这不正常。人的情绪是最能说明问题的，也是最难掩盖的。我们找个廉政审查的借口，不让他们再回家了。

我们彻查了陈红的办公室，发现一个房屋产权证，上面的名字是陈红，陈红的丈夫对此却一无所知。按照产权证上的地址，我们找到这处房子。这是一处两居室，从陈设来看，这里应该是陈红和许志远姘居的地方。房子很新，装修不久，窗明几净，一尘不染，家具、电器都是新的，各种物品摆放整齐，唯独没有电视，显然主人在这里只是过夜，不是正经过日子，而且很可能不常来这里住。这里一点"人气"也没有。

我带着勘查人员在房子里忙乎起来，期望能找到有人在这个房子里被杀的线索，想找可疑的血迹，用紫外灯照、用试纸擦蹭可疑斑迹做联苯胺检验，这个房子实在太洁净了，什么也没有发现。经验告诉我们，只要是杀人现场，不管案犯打扫得多么彻底，总会留下点儿蛛丝马迹。

刑事技术人员在搜查时为了获得痕迹物证，有时会不择手段，甚至显得有些粗鲁。记得我刚当警察时去搜查一个碎尸现场，这是一所新婚的房子，我们看见崭新的大衣柜上有几点暗红色的疑似血迹，二话不说，用刀利索地把大衣柜削下一大块；看到崭新的席梦思床垫上有几点疑似血迹，毫不犹豫地用剪刀把床垫剪开，刺啦一下撕下一大块布。我们找杀人痕迹，重点是血迹，为了掩盖血迹，有时案犯会将杀人的房间重新粉刷，勘查中常常要把墙皮铲掉，看看有没有血溅到里面的墙上，可是这次我们看着这整洁无比的房间和毫无异常的墙面，实在不忍心下手。

按照工作规程，除了犄角旮旯、家具缝隙以外，重点是下水道，看有没有冲走碎尸块和血液的迹象，最后仍然是一无所获，空手而回，但不管怎么说，我们找到了陈红和许志远幽会的地方。

我们采用技术手段把刘晓明和许志远手机的移动轨迹重现出来，发现他们两人的手机都曾到过房山某处，再深查，陈红的手机也到过这个地方。这是什么地方呢？为什么关系密切且特殊的三个人的手机会在这个地方交集？这个地方与陈红失踪有没有关系呢？

原来这是房山区的一个四合院，位置很偏，被改建成了涂料厂。厂主介绍说，一个多月前刘晓明花十万元租了下来。农村的涂料厂生产工艺极其简单，几乎不需要什么设备，主要是将石灰、胶水、颜料、水按一定比例混合，搅拌均匀，封装在纸板做的桶里，卖给农民粉刷房子用。

院子靠南墙搭起一排棚子，里面堆着涂料成品和一些石灰原料，东侧是院子的大铁门，西侧是生产车间，院子北侧盖了七八间屋子，从东向西分别是厨房、工人宿舍，最西侧是里外套间的办公室。办案的直觉告诉我们，这种相对封闭的地方应该是个杀人的好地方。

我带着技术人员来到涂料厂，仔细勘查起来。成品库里涂料产品堆积如山，上面满是灰尘，不像最近有人动过。我们仔细地检查了生产车间，对地上堆的一些灰渣样的东西特别感兴趣，找了个筛子细细筛过，没有发现人的尸骨残骸。

北侧的一排房子中，顶头是个厨房，墙壁被烟熏成了棕褐色。后面几间是工人宿舍，床上的被褥极其肮脏，每间宿舍里有个铁皮衣橱，里面全是些破烂衣物，臭烘烘的。经检查，里面果然没有陈红的衣服。

最后，我们来到院子北侧最西头儿的办公室。这是里外相通的两间办公室，外面的一间有门通向院子里，里外间的隔墙上有一扇铝合金的推拉窗。办公室的墙是新粉刷的，地砖是新铺的。这让我很奇怪：院子里其他几间屋子都没有装修，为什么偏偏装修这两间呢？

技术破案一定要注重比较，相同条件下出现不同的现象就一定有问题，找出原因很有可能就接近了案件真相。会不会是先请施工队装修办公室日后再请这个施工队来装修全院？又会不会是因为要在办公室接待客户，因此只装修了这两间。这两间办公室显然是我们勘查的重点。

我们把所有木器家具都翻了过来，检查家具脚上有没有血迹——当血在地面流淌或是用水冲洗地面血迹时，有可能被家具木腿吸进去，即便地面上血迹被打扫干净，渗透进木质里的血迹仍然能检验出来。我们从桌脚、椅脚、柜脚上锯些木屑下来，先用肉眼看看，没有什么异常。

大家分散地趴在地上，仔细检查地砖的接缝，寻找渗入砖缝的血迹。我们兴奋地发现一条地砖缝的颜色有点异常，马上用刀把这块地砖撬开，希望能见到地砖下一片血迹，结果干干净净的，什么也没有。沿着这条地砖缝向周围看去，前面那块地砖好像有点不正常，再撬一块，结果又没发现什么。就这样一块块觉着可疑，一块块撬下去，最后整个屋子里的地砖都被撬了起来，还是没有发现血迹。

并不确定的设想

我叫人把新粉刷的墙皮铲掉，发现旧墙面上有些黑色烟熏痕迹。农村房屋里有点烟痕不足为奇，但把办公室烟熏痕迹与厨房烟熏痕迹进行比较后，发现两者有些细微差别。一是厨房烟熏痕迹呈棕褐色，办公室烟熏痕迹呈黑色，这表明两处的烟不同，烟不同是因为燃烧的物质不同，厨房里做饭烧的是木柴和庄稼秸秆，办公室烧的应该就不是这种东西了。二是厨房烟熏痕迹形成的墙面包浆比较厚，渗透到了墙里面，办公室烟熏痕迹显得很薄，只是附在墙体表面，表明两处烟熏时间长短不同，也就是燃烧时间长短不同，厨房长期烟熏火燎，办公室就应该是短时间燃烧形成的了。我还仔细地查看室内家具，在木器缝隙间也发现了烟熏痕迹。在没有发现其他痕迹和线索的时候，我猜想，这房子里曾经烧过火，但是与厨房不同，陈红会不会在这里被杀害？然后又在这里被焚尸灭迹？所以我们除了一点儿烧火的痕迹外，其他什么都没有找到。

我将这个想法告诉了现场的赵副支队长，赵是我多年的老朋友，我们时常在一起工作，破过许多重特大案件，因为他机警过人，人长得瘦小乖巧，每次见面我都开玩笑地叫他"小鬼当家"。"小鬼当家"听了以后，问我，人被烧后还能发现什么样的证据？我说，DNA在64℃条件下就完全破坏了，没有办法找到能认定陈红的证据了。"小鬼当家"听罢没再说什么。

焚烧尸体可不是件容易的事——构成人体的主要成分是水，一定要有助燃剂或其他易于燃烧的物质，我们大家分头在院子里找起来了。凡是看到容器中装有液体就扑上去查，现场上我们也没有别的好办法，一是闻，汽油、煤油、酒精、易燃化学药剂一般都有味，二是在院子地上挖了个茶杯大小的坑，把找到的不明液体倒进去，用火点，看能不能烧着，结果既没有闻到油、酒和化学品的味，也没有哪个液体能点着。在紧张忙碌中时间过得很快，一转眼天又快黑了，我们一行人在这里已经折腾了好几天，疲惫不堪、内心沮丧地上车回总队。

第二天一早，我刚到办公室，"小鬼当家"一阵风似的冲进来，他诡秘地冲我眨了眨眼睛，满脸兴奋地告诉我，昨天晚上他们再次突击审讯了刘晓明，开始刘晓明还是一副满不在乎的样子。"小鬼当家"故意漫不经心地说道，你不要认为我们什么都不知道，你杀完人，焚烧尸体的时候，人体的 DNA 分子飞得满屋子都是，我们随手一抓就是一大把，你还有什么可说的？

刘晓明脸色骤变，头上的汗珠子马上就下来了，他满腹狐疑地说：我真没有想到这个。对于一个设计周密的罪犯来说，对自己精心编织的篱笆充满自信，一旦这个篱笆在他意想不到的地方被打开一个缺口，他的脑子里立即会涌出一大堆新的假设，越想越害怕，越想漏洞越多，霎时间缺口套着缺口，漏洞连着漏洞，如大厦将倾，巨坝将溃，自信崩溃，心理防线也就彻底垮塌，自己将自己打倒了。不像有些文化低、一根筋、只知犯浑的罪犯，明明是人赃俱获，硬是不承认是自己偷的。刘晓明彻底交代了在涂料厂杀死陈红并焚尸的作案过程。

原来"小鬼当家"昨天是去忙活这个去了，难怪我说出我的猜想后就再也没有见到他。我心想，仅凭这么个不确定的设想你们就有办法把口供要了出来，真行。

并不复杂的过程

刘晓明中等身材，也是房山本地人，为人侠义豪爽，胆子大，主意也多。刘晓明的父亲曾经是许志远的老领导，刘晓明原先在一家运输公司当司机，因为脾气暴躁，与单位领导和同事们的关系搞得很紧张，刘晓明的父亲便找到许志远帮忙。许志远不忘提携之恩，将刘晓明调到自己身边开车，还时常关照他的父亲和在农村的老家。

干了几年后，刘晓明辞职下海干开了个体，不料由于经营不善，赔了不少钱，生意不死不活地撑着。许志远时常帮他找人疏通，尽量关照，两人来来往往十分密切。许志远有重要事情要办，从不叫别人，只叫刘晓明去办。刘晓明曾说过，他一生只服两个人，一个是他父亲，另一个就是许志远，许志远对他比他父亲还好。

据刘晓明交代，陈红与许志远的情人关系已有许多年了，这在房山区委里并不是秘密。陈红对许志远一往情深，但许志远并不想离婚，许志远为她买了许多珠宝首饰和名包，还以陈红的名义买了一处两居室的房子，一来作为陈红与他相好的补偿，二来是行"金屋藏娇"之便。这就解释了我们的疑问，陈红的家人为什么要等春节长假后才来报案，可见陈红时常不回家住。

后来不知为什么，许志远开始逐渐冷落、疏远陈红，许唯一的女儿成了家，他越来越看重自己的家庭，也不想因男女之事自毁前程，不想再和陈红保持这种偷偷摸摸的关系了。但陈红实在放不下许志远，不甘心就这样罢了。她给许志远下跪过，也和许志远大吵大闹过，两人甚至几次大打出手，由爱转恨，誓言决不放弃，下定决心要拼个鱼死网破。

被感情冲昏头脑的女人一旦被激怒，什么事情都干得出来，她竟然去勾引许志远的女婿，两人完事后，陈红用短信把两人床上之事发到许志远女儿的手机上，顷刻间在许家搅起了轩然大波，再也不得安宁。焦头烂额的许志远不由得怒从心头起。

陈红失踪的一个多月前，刘晓明在一次聚餐时见到"老板"闷闷不乐，就问起了原因。许志远对刘晓明是无话不说，他就把最近和陈红闹翻了，还被她死死纠缠的事告诉了刘晓明。刘晓明一听，胸脯一拍，说，大哥，这算什么，交给我吧。过了几天，他便在房山区物色到一家涂料厂，从许志远那里要了十万元钱，立即租下，开始了杀人的准备。

经过一番周密的策划和准备，除夕下午，刘晓明电话约陈红去为"金屋"买电视机。他先打了辆夏利"黑车"停在区委大院后门不远的地方，自己侧身躺在的后座上，眼看着陈红提着年货走进区委传达室放下，然后出来，在路边打了个电话，他便叫"黑车"司机沿着区委大院的外墙缓缓向前开。当驶过陈红身边时，刘晓明打开车门，一把把陈红拉进车里，"黑车"悄无声息地缓慢加速向前驶去。上车后刘晓明问给谁打电话，陈红说，给她的大姨打个电话，让她来这里取年货。

"黑车"按照刘晓明的要求，东绕西绕在一处僻静地方停了下来。刘晓明走向早已停在一旁的黄色"小面"，让陈红上车，自己开着，说这个车后厢大，方便拉电视。可车子并没有朝卖电器的商场驶去。刘晓明说先要拿点绳子，于是车开进了涂料厂，刘晓明下车迅速地把大门紧紧关上。

刘晓明把陈红领进里间办公室，凶相毕露。他恶狠狠地问陈红，我大哥怎么了，你要对他这样。可陈红根本不把刘晓明放在眼里：你算老几，你只不过是个司机，我是你大哥的女人，你敢把我怎样，你竟敢这么跟我说话。所以她是一副满不在乎的样子，不服软地说，你能把我怎样，看你大哥怎样收拾你！陈红边说边催促刘晓明赶紧拿绳子走。

刘晓明原本就计划好了，现在又被陈红轻蔑和威胁，气就不打一处来，猛地用力将陈红扑倒在床上，拿起绳子三下两下捆起来了。陈红花容失色，拼命冷静下来，发觉捆得不很结实，就偷偷地腾出手来，暗地里给许志远发了一条短信："你害死我了！"

刘晓明对着陈红劈头盖脸一顿痛骂，说到气头上，一伸手就把陈红给活活掐死了。

刘晓明事先准备了一只空汽油桶，把上面一端的铁皮剪掉，桶壁上打一排眼，穿上算子制成一只炉子，准备焚尸用。掐死陈红后，刘晓明定定神，等到晚上将近八点钟，把陈红的尸体倒着插进自制的炉子里，再塞进木柴点火烧。第一次没有点着，刘晓明从车里接了点汽油来，倒进炉子，再次点火。汽油遇到明火，火焰猛地蹿了起来，把刘晓明的眉毛、头发和前襟都烧焦了。刘晓明害怕焚烧尸体的焦臭味引来注意，就把门窗紧闭，自己关在屋里，强忍着浓烟焚烧尸体。

尸体并不像他想象的那样好烧，从晚上八点多钟一直烧到十二点，烟熏火燎，焦糊刺鼻，刘晓明感到自己的双眼火辣辣地疼痛，再下去眼睛恐怕就要被熏瞎了，只好先停一停。炉子中陈红尸体上的软组织已经没有了，小的骨头也都烧成骨灰了，只剩下大块的骨头了。

从屋里出来，刘晓明深深地吸了几口除夕夜里湿冷的空气，冷空气一下子灌到他的肺里，刺激得他不住地咳嗽起来，稍微清醒后，开上车来到房山医院。他告诉医生说，放鞭炮被熏着了，大夫看到他衣服和头发、眉毛都烧焦了，也就信了，给他开了滴眼睛和治疗烧烫伤的药。

在涂料厂小院里，刘晓明一直休息到了初四，感觉眼睛好些了，他打点精神，重新点燃炉子。又经过四个多小时，看到大块的骨头也都烧成了骨灰，再把陈红的衣服、靴子、手袋、手机和床上铺盖全都扔到炉子里彻底焚毁。等骨灰凉透了以后，刘晓明将骨灰分装四个塑料口袋，用车拉到房山的一个大垃圾场，胡乱扔到了不同的地方。

春节长假过后，许志远一家从外地旅游回来。初八有个聚会活动，许志远和刘晓明碰到一起，刘晓明凑近许志远悄悄地说，办完了，什么都没有了。许志远心领神会，不再多问。几天后，刘晓明先是从老家找了两位老大姐，将两间办公室里里外外打扫了一番，后来还不放心，又请来装修工人将房屋彻底粉刷了一遍，还更换了带有焚烧痕迹的地砖。

突破了刘晓明，许志远就好办了，经过不长时间便有了交代。除夕下午，许志远把陈红叫到办公室，聊了聊过年的事。正说着，陈红的手机响了，她躲进许志远办公室的洗手间接电话。这时许志远突然感到了一阵莫名的恐惧。电话那头果然是刘晓明，约好一会儿去买电视，春节期间商场打折，电视机便宜。许志远心中隐隐地感到害怕，就说，今天是三十，不要去了。陈红哪知道许志远的心思，一定要去，买了电视正好看春晚。说着陈红就要走，许志远说，过年了，我这里有点红酒、大枣、苹果什么的，你拿走吧，陈红提上年货就走了。后来陈红发来的短信"你害死我了！"许志远以为说的就是这档子事儿：东西太沉，害着她了。这就是许志远最后一次见到陈红。

许志远也承认了事后刘晓明跟他说事情办完了，什么都没有留下，他明白陈红已经被刘晓明杀了，怎么杀的也就没有再细问。许志远和刘晓明两人的供述基本吻合，应该是可信的，可几天下来，现场"已经像箅头发似的箅了一遍"，哪里有证据能证实案犯的交代。我该去哪找"人的东西"呢？

并不确凿的证据

没有别的办法，我只得带上全套人马再去现场。我最先想到的是要找到陈红的骨灰，记得我在侦办一起系列杀人案时，凶手杀人后，将尸体切成几块，大块的架在厨房的煤气灶上烧成了灰，小块的放在烤羊肉串的长槽形炉子里混着煤块焚烧，然后将骨灰与煤渣一同倒掉。我从这堆煤渣中找到了黄豆大小的几片骨灰，发现具有人骨的特征。

人类在进化过程中，骨骼分为长骨、短骨、扁平骨、不规则骨和圆骨五种类型。长骨是指四肢的长形大骨头，短骨是指手或脚上的小块骨头，扁平骨是指肩胛骨、颅骨或肋骨，不规则骨是指脊柱或叫椎骨，圆骨又称籽骨，通常长在关节腔内，最大的一块就是膝盖上的髌骨。人类骨骼的结构是外面一层骨密质，形成骨头的外壳，里面空的部分是髓腔，髓腔内有蜂窝状的骨结构，称为骨松质，构成骨松质的是骨小梁，这个骨小梁是人类特有的，动物没有。另外，人类骨骼是由有机质（如胶原蛋白）和无机质（如钙盐）沉积构成的。骨骼的形状就是无机质的形状，焚烧后，有机质被高温破坏了，但无机质不会被破坏，仍然保持着骨骼的形状。我们通过显微镜观察骨灰，发现了骨小梁，认定这是人骨，从而找到了有人被杀害的证据。

按照刘晓明的供述，我们来到房山的垃圾场，一看到垃圾场的景象，我马上意识到实在不可能有任何希望了。这个垃圾场占地广阔，非常巨大，垃圾堆积如山，各方向来的垃圾清运车穿梭往返，推土机一刻不停地将垃圾推来推去，垃圾山时刻变化着，更不要说多少天前的垃圾了。

只能再回到涂料厂想办法。在接下来的几天里，我们不知去过多少次，可以说把这个小院翻了个底朝天，还是没有发现什么有价值的痕迹物证。大家的信心受到了挫伤，工作情绪也渐渐低落。我站在涂料厂的办公室里，心中默默地念叨着：陈红，我们是警察，是来为你查清案子，报仇雪恨的，如果你真是在这里被害的，冥冥之中你能给我们一点点提示吗？

说来也奇怪，那天下午，我在涂料厂的办公室里，突然看见隔开里外间墙上玻璃窗上有一点印渍，就像擦玻璃时，用湿抹布把满是灰尘的玻璃擦一遍后，灰尘没有了，但是玻璃并不干净，留下淡淡的水渍。我用手摸了一下，感到玻璃上像是粘了薄薄一层有点儿粘手的干了的油样东西，这是什么呢？我环顾现场，看能不能找到其他类似的痕迹。

外间办公室的门上有个左右摇头的气窗，气窗的两扇玻璃中有一扇已经破碎脱落，只剩纱窗。我仔细观察纱窗，发现有少量油渍，油渍还顺着纱窗的一角向下流注，有点像抽油烟机的情形。这里不是厨房哪来的油渍？突然我意识到，会不会是焚尸时，尸体的水分在高温作用下蒸发成的水蒸气？人体油脂在高温作用下同样会蒸发成脂肪蒸汽，脂肪蒸汽和水蒸气相互混合升腾起来，四处飘散。

一幅恐怖的年夜焚尸图在我面前浮现：年三十是中国人最期盼的一天，屋外漆黑寒冷，屋内炉火熊熊，烧的竟是一位曾经魅力四射的女性的胴体，烟气、水汽、焦味、糊味在屋里肆意弥漫，当脂肪和水的混合蒸汽飘散到没有玻璃的纱窗这儿，遇到了外面冷空气，飘散到办公室隔墙遇到了温度比较低的玻璃窗时，水蒸气重新凝结成水，脂肪蒸汽也重新凝结成脂肪，这位女性的灵魂是不是也随着蒸汽飘散、升腾、凝结。

证实这个设想的关键在于能不能认定这些油渍就是人的脂肪。我把这个想法讲给大家听，大伙儿立刻来了精神头儿。我们小心翼翼地将纱窗拆下，再把办公室隔墙上的玻璃窗拆下来，现场还找到一个我们怀疑案犯打扫现场时可能用过的吸尘器，把它也提取上，带着这三样东西一身轻松地回到刑侦总队技术大楼。

并不掌握的检验

我找到负责理化检验的专家，讲了我的思路，请教他们如何检验确定脂肪，如何区分人体脂肪和其他动物脂肪。他们告诉我说，咱们刑侦总队的实验室不具备检验鉴定油脂的能力。油脂通常分为三种，一种是植物油，比如平常吃的花生油、大豆油、橄榄油；一种是动物油，比如猪油、牛油、奶油、鸡油；还有一种是矿物油，比如汽车用的机油、汽油、柴油。这三种油中，矿物油比较容易检验和确定，不仅能与其他两种油区分开来，还可以根据油品中含有的特征性杂质追踪到是哪里生产的。植物油就比较难了，动物油是最难的。

我们的实验室不能检验，全国其他兄弟省市公安机关有没有这个能力呢？我最先想到两位专家，一个是辽宁省公安厅的大姜，另一个是云南省公安厅的路总。大姜是我多年的好朋友，是全国公安系统顶

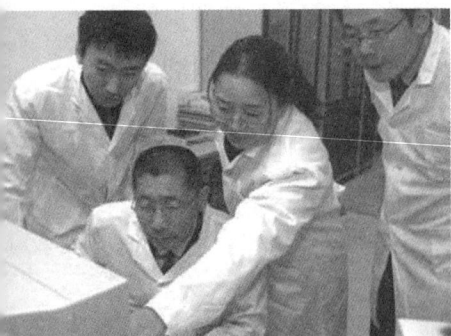

正在实验室工作（2006）。

尖级的 DNA 专家，我们分享着从事刑事科学技术工作的快乐和困惑，我家第一条纯种拉普拉多狗"老四"就送给他了，可见交情之深。几十年来，辽宁省公安厅的刑事技术力量一直是全国的领头羊，北京曾多次请他们帮忙解决难题。路总是位女同志，主管云南省公安厅的刑事技术工作，也是我多年的老朋友，她本人就是化学分析工程师，向她请教油脂的检验鉴定绝对是找对了人了。

虽说是女士优先，但我还是先把电话打给了大姜，毕竟沈阳比昆明近得多。我把情况一说，大姜爽快地说，来吧，保证能给你解决问题。我马上把理化室的技术人员叫来，交代他们带上这三样物证，立即搭乘飞机，赶赴沈阳。

谁知没一会儿，这两位技术人员从机场打来了电话，说人家不让把玻璃带上飞机——我要求凡是物证一定要随身携带，绝对不能当作行李托运，因为一旦丢失了，追究责任事小，案子一切就都完了，过去我们就有过这样的教训。有一次我们从国外押解一名案犯回国，凶器是菜刀，机场安检死活不让带上飞机，一定要交运，并保证说由机组人员亲自保管，万无一失。等到飞机落到了首都机场，这把菜刀却再也找不到了，机组人员早就没影儿了，只剩我们在那里干着急。

我叫技术人员马上回到城里，改乘火车前往沈阳。两天后，终于等来了沈阳的电话，技术人员激动地告诉我，检验结果很好，将人油与猪油、牛油、羊油、鸡油等动物油成功地区分出来，经过比对，完全可以认定是人油。我说你们马上把检验图谱传真到值班室，我要看一看。几分钟后，图谱传来了，我一看果真是各种动物油分得清清楚楚，其中一个峰标着"人"。

几天后，他们回来了，还带来了这项新技术。原来这位能检测人油的丁工程师，花了二十几年的光景钻研出一套试剂配方，有了这个试剂检测人油就不难了。多一样本事迟早会有用。后来这个技术在办案中还真的发挥了作用。在侦办一起入室杀害两人的特大案件时，我们从死者家隔壁的房顶上找到一双鞋，鞋底上嵌入了煤渣；只有当煤燃烧时，热煤渣才能烫化鞋底嵌入。我们还在鞋底上检验出了猪油，表明这双鞋的穿着者应与餐饮行业有关。现在为防空气污染，北京城里的餐馆已不允许直接使用煤炭，全部改用天然气或是液化石油气，那什么地方仍然同时有猪油和煤炭呢，应该是烧烤摊。我们将这一推测向侦查部门作了通报，破案后证明案犯确实是从事街头大排档的。作案后为了毁灭证据，将作案时穿的鞋扔到房顶上，没有想到被我们找到，成了重要的破案线索。

有了人油的检验结果，案件的凶杀性质铁板钉钉了。但是从证据效力来说，这个证据仅可以证明涂料厂里曾经焚烧过人的尸体，并不是陈红被害的直接证据。要想真的把案子办成铁案，就一定要有直接证据的支持。陈红的尸体检验都到了人油的程度了，到哪里去找直接证据呢？

经过反复审讯，刘晓明交代，他把陈红的手机扔到火里之前，考虑到万一有用，就把手机卡拆下来，风声过后，扔到他家村口的一个厕所里。听到这个情况，大家意识到，直接证据到手了。我们立即押上刘晓明，朝他的老家奔去。在车上，我对刘晓明说，你要好好地配合我们，就在车上老实待着，把厕所指给我们就行了，事情到了这个份上什么也不要想了，我们也不会难为你。刘晓明说，谢谢您！我问，为什么要谢我？他说，你不让我太丢脸。刘晓明一家两代在乡里乡亲们的眼里，应该属于功成名就的"有本事的人"，如果我们把戴着手铐、蹚着脚镣的刘晓明从车里押下来，让乡亲们看到，这对世代居住在这里的刘家会是多么丢脸的事啊。

并不预料的结果

2007 年 6 月此案在北京市一中院开庭审理时，许志远和刘晓明的律师分别为他们做了指使杀人证据不足和罪轻的辩护。

许志远的律师认为，尽管许志远说过"灭了她的心都有"，但只是停留在心里想想和口头上说说。许志远没有唆使、命令刘晓明去杀害陈红，也没有提出明确的要求和部署具体的实施计划。律师还认为被杀害人陈红有重大过错，与许志远关系恶化后产生了报复想法，采取了一些不应该有的行为，给许志远一家人造成了重大伤害，对矛盾激化负有直接责任。除被控雇凶杀人，许志远还被控受贿50余万元，律师辩称，并无充分证据证明许志远受贿。

刘晓明则当庭翻供，否认杀人焚尸的指控，他的律师在庭上更改了辩护词，临时改为为他做无罪辩护。刘晓明的律师表示，检方的证据有瑕疵，在没有找到陈红尸体的情况下，本案并没有掌握陈红死亡的直接证据，只有刘晓明的口供和纱窗、玻璃上的人体脂肪，仅以此来认定为陈红所留是没有科学根据的，因此应该重新认定陈红系失踪，而不是死亡，对刘晓明应无罪释放。而且刘晓明一直在法庭上质疑所谓尸体粉末的 DNA 检验结果，可以说，到死他也没弄明白这是怎么回事。

转年，北京市一中院对此案进行一审宣判，许志远犯故意杀人罪被判处死刑，犯受贿罪被判处有期徒刑 13 年，依法对其执行死刑，剥夺政治权利终身。刘晓明因犯故意杀人罪被判处死刑，剥夺政治权利终身。二人均提起上诉，北京市高级人民法院二审维持原判。

经最高人民法院死刑复核，2009 年 9 月中旬，许志远和刘晓明被执行死刑。对这个结果连我都感到有些意外，一般来说，杀死一个人，两名罪犯被执行死刑并不多见，像许志远这样的领导干部，只要不被"脑袋搬家"，判个死缓都不怕，关上几年弄个保外就医，只要出来就照样能呼朋唤友，吃香喝辣，被执行了死刑只得一个百了了。

案子办结了，卸下了我身上的职责，我可以带着局外人的眼光，客观冷静地再来重新思考这个案子。

一起并不离奇的婚外情引发的矛盾，最终的结果是逝去了三条鲜活的人命，他们背后的三个家庭也遭到了灭顶之灾。当然，失去生命的三个人各自都有无可推卸的责任，但他们各自也都有或多或少可以理解的理由或托词，陈红、许志远这一对野鸳鸯，到底哪只是白，哪只是黑呢？

到房山办案时，从当地人的言谈话语中，我感到他们对许志远和陈红相好的事不但知道，而且并不反感。究竟怎样看待这起悲剧和悲剧中的每个人呢？许志远和陈红相好多年，如果说他们之间一点真情没有，恐怕也不客观真实；刘晓明头尾不顾地介入其中，又搭进去一条性命，无外乎是为了一番兄弟情义。男女之情、兄弟之情是人世间最美好的情感，这个代价是不是太沉重了？

从纯粹的技术角度回顾这起案件，我想该他许志远倒霉，或许真的是"人在做，天在看"？陈红真的听到了我的祈祷？如果我在现场没有发现人油痕迹，如果发现了人油没有办法检验，许志远最多也就是判个无期，连个死缓都够不上。案子破了，虽说惩恶扬善是我们警察的天职，可到底是杀人抵命好，还是不要再人头落地好呢？其实我们当警察的这么拼命，不放弃一切线索，固然有警察的责任感在里面，与看不见的对手的暗中较量，恐怕也是乐此不疲的原因之一。

不容否定的是，案件最后的判决说明了此案的主观恶意、恶劣性质、情节严重和手法残忍，而我最关注的是定案的证据经得住了考验。

最后值得一提的是，北京从 2010 年起对死刑犯全面实施注射死刑，许志远是首批被执行注射死刑的罪犯，用自己的死亡参与推动司法进步，这恐怕也是他这个政协副主席始料不及的。

转身时刻

——从刑侦总队到警察学院

过些日子，我可能就无缘再享受这种侦破的快乐了；最后一次值班，一天里我出了五个命案现场，创下我个人一天内出现场数量之最。

从起身到愤怒：这个案子非破不可

2007年1月9日晚，我正在21世纪宾馆参加北京市综合治理系统迎新春电视晚会。这一年我被评为了全国第二届"我最喜爱的十大人民警察"之一，还是公安二级英模、北京市劳模，喜气洋洋地坐在录制现场，一片欢乐祥和。

突然，我接到刑侦总队值班室的电话：广州发生一起杀人碎尸案，案犯通过物流公司，将尸块分别寄往了江苏张家港、山东青岛和北京。江苏和山东已先后发现了尸块，北京还没有接到报案。该物流公司在北京的取货点在大兴，当地派出所民警已到货场，仔细查找后，发现一件可疑货物，其发件地址与江苏和山东发现的一致。我立即起身离开录制现场，钻进汽车直奔大兴。

以往凡是发现这类涉及不同地区的案件，刑侦人员的第一件事就是拎包出差，到有关地区去了解情况，串并案件。此时，我的脑海中突然蹦出"网上作战"的想法：请广州市公安局刑侦支队在公安网上建立一个平台，请江苏、山东、北京三地刑侦人员将各自的尸块检验结果及案

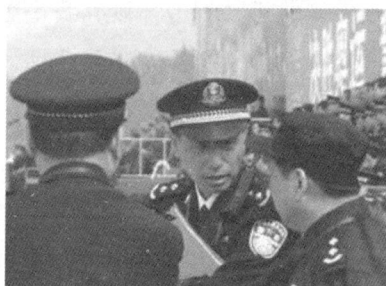

上图是《风度》杂志为我拍摄的照片（2006），都是专业的摄影大师拍摄的，质量很好，人也显得很神气！其实，在工作中我都是这样的行头——左下图，我正在飘雪的天安门执勤（2010）；右下图，正忙碌在奥运会的组织现场（2008）。

件的全部材料全部上传到网上，四地刑侦人员直接从网上进行比对和分析，以及讨论和交流。

在车上我立即拨通了广州市公安局刑侦支队负责法医工作的刘超的电话。刘超是我多年的老同学和老朋友——1991年我从广州中山医科大学获得博士学位，他在当年获得了硕士学位，他的导师是我博士答辩委员会的委员，后来我们一直来往不断。他原籍湖北，人长得瘦小单薄，聪慧的大脑早已谢顶，透过高度近视镜片的眼睛中流露出机智和几许狡黠。1999年公安部决定建立全国首个打击拐卖儿童DNA数据库时，要在全国公安机关中选择四个实力强的DNA实验室，当时我任公安部刑事侦查局刑事技术处处长，专门负责此项工作，力主广州市公安局DNA实验室参加。最后广州市公安局成为唯一一个选中的地市级公安机关的实验室，其技术实力可见一斑。我一提出"网上作战"的想法，立即得到刘超的积极响应和支持。

到大兴现场后，一个纸板箱已经找出来了。箱子不大，也不重，人体的主要部分没有在里面——箱内装有人的一只脚和一只手，从尸块表面看被害人应该是个男性。一般男人被杀就是两条，一是情，二是财，女人被杀则多是因色被杀。我注意到，这个死者岁数不小了，我低头看看自己手上的皮肤，感到这名男死者的岁数怎么也不会比我小，估计要有五十大几岁了。岁数大的男性被杀，更可能是两者兼而有之。从尸块部位、包装方式和寄出地址及字体看，确与江苏和山东发现的是同一个案件。让我感到特别气愤的是，纸箱上写的收件人叫"宋德远"——案犯在广州作案，将尸块分别寄往不同地方，与江苏、山东比起来，北京是最远的，所以北京的收件人就叫"送得远"。不知道江苏的收件人是不是叫"宋德金"（送得近），山东的收件人是不是叫"宋德忠"（送得中）。这分明是在戏弄警察。

这个案子后来破得挺顺利——先是找到那家物流公司在广州的收件处，调出收件大厅的监控录像，发现托运人是一男一女，女托运人原来是个"三陪"小姐，她先与生意有成、财大气粗的五十多岁的被杀男子"一见钟情"，后来又和囊中羞涩、英俊帅气的二十岁出头的杀人男子"相见恨晚"，女子在人与财之间做出选择，决定要人不要财，可年长的那位纠缠不休，最后就被杀被碎了。

这个案子让我特别高兴的是，和刘超通电话的第二天一早，广州市公安局就开通了案件专窗，四地警方在上面及时交流信息。最后，案子破了，广州市公安局才派出专人到其他三个地方将书面证据带回，"网上作战"初试成功。

从证实到谈话：我像是最后一个知道的

1月9日忙乎了一个晚上，转天是"110日"，市公安局在国家博物馆举行活动，我正在和大家闲聊昨晚的案子，这时，一位警察学院的领导走过来，一上来就问我，"什么时候到我们那里去？"我一时不明白是怎么回事，想起曾经通知我去脱产培训，后来因为工作脱不开没有去成，就回答说培训可能还要等一段时间。这位领导却说："不是培训，是什么时候到我们那里当院长。"我一听就愣住了，懵懵地说："我不知道是怎么回事。"这位领导开玩笑道："你不许装傻！"我的头脑中飞快地思考，神聊碎尸案的兴致被当院长的迷惑冲得精光。

活动开始了，我们依次上台，因为是摄影展的开幕式，所以我们要上台领画册。发给我画册的领导是市局政治部主任，主任握着我的手说："下午在总队吗？不要出去，下午去考核你。"下一位与我握手的领导是市委政法委的副书记，她握着我的手说："祝贺你。"最后与我握手的是市委政法委管组织人事的领导，他也向我说了祝贺的话，我想，看来当院长这事肯定是真的了。

下午，刑侦总队已接到通知，全体党委委员集中在党委会议室，一个一个被叫去谈话。我接到通知，留到最后谈。对一个民警来说，与组织部门打交道的机会并不多，我也一样。当警察二十多年，市委组织部门找谈话还是第一次，心里多多少少有些紧张，也有些好奇。

坐定之后，我提心吊胆地一看，一共来了四个人，一名年轻女士，三名男士。这位年轻女士最先提问：

"要把你调到警察学院当院长，你有什么想法？"

这位女领导还真单刀直入，直奔主题，过去听说组织部门找谈话不是遮遮掩掩，就是光画圈不点题。这种直率的谈话方式可能是组织部门改革的结果吧。

我也直言回答："我当警察已有二十多年，在国外干的也是刑警。我的兴趣就在刑警，在破命案。而且我现在分管的刑事技术处和法医处，这两个单位的性质、人员身份、工资收入刚刚纳入公务员管理，一切开始走上正轨，我不愿去。"

这位漂亮的女同志把脸一沉，说："你现在就告诉我们，你能不能服从组织安排？"

我一听，不好，急了，咱还是老实点儿吧。可咱是当刑警的，什么时候刑警也不能说软话，于是我没有正面回答。

我说："我是党员，自然知道这里的分量。"

于是大家缓下劲来，接着谈话。

这位女同志又问："你到警察学院当院长，你有什么工作思路？"

我条分缕析地说了说。这位女领导终于笑着说："你还很有思路嘛。"

其实我也是有备而来，今天上午从国家博物馆回来后，我赶紧利用中午的时间访问了警察学院的网站，了解了一下情况，这会儿还真都用上了。否则昨天夜里还忙着破碎尸案的人，今天哪里知道警察学院里在忙着什么？

谈话第二天下午，我在市局政治工作网上看到了我的公示。为了记住这个人生不多时刻，我将公示存进了电脑。

公示过去了好几天，一直没有什么动静，我仍然是"命案必出"，沉浸在侦破工作中。我知道，过些日子，我可能就无缘再享受这种侦破的快乐了。

从公示到任命：当刑警的最后日子

1月25日是个星期五，我接到通知去市局开会，并且要求提前半小时到。进了会议室，一看到"北京市公安局干部任命大会"的横幅，心里就明白了一大半。我从市公安局党委书记、局长马振川手中接过"北京市人民政府任命书"，能感觉到其中的期待和信任。

2月4日是个星期天，正轮到我值班。转天我就要代表"警察学院"参加市局党委扩大会议了，不出意外的话，这应该是我最后一次值班了。结果，这个班值得太不一般了，一天里我出了五个命案现场，创下我个人一天内出现场数量之最。

早上八点半，我从家里出来，到刑侦总队接班，车还没开上二环路，就接到总队的电话：在朝阳区十八里店华威桥附近一井里发现一颗人头。我立即指示道：请负责大案的一支队、负责情报工作的六支队、刑事技术支队和法医检验鉴定大队马上随我到现场工作。我的位置距离现场很近，几分钟后就赶到那里。

当天早上7时30分左右，北京市路灯管理中心几名工人检查华威南路路段路灯，打开路灯井时发现里面有一堆东西，用钩子一勾，有上衣、裤子、皮带，衣服里裹有骨头，最底下滚出了一个头颅，见多识广的工人们立即拨打110报警。井内有一些已经散乱开了的尸骨，还有一些衣物浸泡在黑色的腐臭水中，尸骨上附着的少量软组织已变成了焦黄色的蜡样物质，有一件浅黄色鸡心领短袖T恤和一条深蓝色长裤，裤长2.9尺，腰围2.2尺，一条黑腰带，裤兜内有少许零钱。

说实话，我干法医多年，经历过许许多多命案，见过数不清的尸体，但我特别佩服发现尸体的人，有时发现尸体的地方特别隐秘，警察到现场后即使在有人指点的情况下都不易看到，结果还是有些人就能这么鬼使神差地发现这些尸体。

人是不会无缘无故地跑到路灯井中来死的，这个案件应该是他杀。大家都是内行，看到这样的命案，一是时间长，二是地处路边，是谁都能来的公共场所，三是不知死者是谁，心里都清楚这是非常难破的案子。但我坚持一定要将井里的水全部舀出来，彻底清到井底，看看有没有什么对破案或认定身源有价值的东西。

我动员道："这样的案子时间长了，大家都知道物证极少，所以我们必须坚持一下，如果在最后一点污水里发现一枚戒指，甚至是身份证什么的，没准就有破案的希望。"

人命关天，谁也不敢大意，仍然坚持干了下去。现场清点了一下，尸骨完整，没有发现明显外伤，表明尸体是完整的，不是碎尸；死者脚上只穿了袜子，没有穿鞋，肯定是凶手运尸后抛尸于此；从骨骼和裤长推断死者应该是男性，身高168厘米左右；腰围小，表明死者较瘦；死者短发，穿一条印有"平安"字样的红色内裤，手腕上系一条红色尼龙线绳穿的玉狗手链，据此推测死者年龄应是36岁，因为这年春节前就是狗年；死者只穿着短袖上衣，结合尸体腐烂严重，死亡时间应该是在2006年的春夏季节，至少半年以上了。

我在现场忙着部署，请技术和法医部门对周围其他路灯井进行勘查，看看有没有其他线索；对现场遗留衣物表面附着物进行检查，看能不能提示死者生前的状况；对尸骨进行DNA检验，并输入数据库进行比对，查找死者身份；对尸骨进行毒物检验，确认有无中毒可能。请侦查部门组织人员对现场附近人员进行访问，注意发现可疑情况；对现场路段的施工单位进行访问，注意有无可疑人员情况；在全市范围内下发协查通报，全面查找尸源；在全市近年来走失人员、人车走失和疑似被侵害失踪人员中进行查找、比对。

第一个现场刚刚处理完，立即又接到报告：呼家楼有一位女性在家中被杀。我连忙向现场人员交代了几句，就急匆匆带领刑侦总队和朝阳分局的两支人马直奔第二个现场。

　　呼家楼一带大多是上世纪七八十年代盖的老式单元楼，房主们买了新房子后，一般会把这些旧房子租给外地人。进入现场一看，一位年轻女性死在出租房内。根据现场情况和死者装束看，这个女房客可能是个卖淫女，嫖卖双方因为嫖资纠纷导致嫖客动手，故意或是失手杀死了卖淫女。这样的案子大多是熟客作案，男女之间多多少少有些联系，一般来说并不难破，犯罪属临时起意，事先没有准备，就是作案后逃跑也没个明确的方向，多是乱撞乱窜，不难发现行踪。再加上是个室内现场，痕迹物证保存得比较好，破案的运气不会太差。我们按照常规勘查现场和检查尸体，一丝不苟地采集着证据，死者的通信记录必然成为破案的关键，这些分析工作有专门的部门和人员完成，我们不是破案的主角。

　　两个现场工作完毕，回到总队刚吃了午饭，第三个案子马上就来了。这回是通州的一条水沟中发现一具尸体，于是又马不停蹄地赶到现场。现场水沟大约五米宽，有两三米深，沟壁很陡，几乎是直上直下，沟里的水很满，水面与地面几乎齐平。水流特别急，水很清，一眼见底，沟底布满了垃圾和各种杂物，可以清楚地看见在一个类似桥墩的柱子下挂着一具老年男性尸体。我们七手八脚地将尸体打捞上来，在现场进行了尸体表面检验，没有发现任何致命损伤，有可能是溺死。水沟边是一条约三米宽的土路，路边是一排破烂的简易房子，一间挨一间，估计有大量的外来人口居住在这里。结合现场情况看，不排除夜间外出小便，失足落水所致。死者的家应该离现场不远。由于水流特别急，我们请分局同志逆流而上，挨家挨户询问有没有谁家的老人走失了。结果运气不错，人刚刚捞上来不久，就来了几个中年妇女打听情况，他们家里今早有人走失，一听说水沟里捞出人来了，急忙前来认人。不出所料，过了一会儿远处传来悲凉的哭声，证实了我们的判断。将这个非正常死亡的案子移交给通州警方，我们便打道回府。

回到总队的办公室里，我平抚心情，稍事休息，开始考虑搬家的事。

这时总值班室报告，京津唐高速公路马驹桥休息区发生一起抢劫案，一名司机死亡。这是我当天的第四个案子。我们重新打起精神再次奔赴现场。

现场位于休息区的出口处。案发时一辆外地牌照的集装箱大货车停在出口处路边，一位司机在车上抽烟休息，另一位司机去厕所了。这时有两个"老外"开了一辆黑色的伊兰特过来，一个"老外"下车，冲着抽烟的大货车司机掏出一张五十元面值的人民币，问："你们中国最大的钱就是这个？"赶巧这个司机刚刚领了工钱，他从怀里掏出一大叠百元大钞朝着"老外"一晃，说道，这才是中国最大的钱。说时迟，那时快，这个"老外"一把抢过这一大叠钱，上车就跑。司机一看不好，跳下车就追。"老外"的车已开动，司机紧紧抓住伊兰特的车门把手和后视镜，"老外"们哪里肯停车，猛踩油门，车子飞快起步，箭一般向前冲去。

这位可怜的司机，开始是双脚在地上跟着伊兰特跑，后来车速太快，步子跟不上，手又抓得紧紧的，没有放开，人就腾空了，整个身体横了起来。如果双脚仍在地上跑时，还敢撒手，人能站住；等到人全身腾空，再撒手就只能挨摔了，也就不敢撒手了。伊兰特越开越快，司机终于抓不住了，手一松，人摔到地上，在惯性作用下翻了几个滚，后脑勺着地，留下一摊血，重度颅脑损伤，人当场就咽气了。他的同伴从厕所出来，亲眼目睹了这恐怖的一幕。他跟在伊兰特后面拼命喊："撒手！快撒手！"可是已经晚了。

这个案子已明确是"老外"干的，在中国能干这种事儿的"老外"毕竟不多，"老外"长相特殊，目标明显，虽然司机同伴光顾着喊"撒手"了，没有记下车牌号，但是高速公路上到处都有监控录像，找到这辆车和这两个"老外"应该不会太难。果真,一会儿就查明伊兰特是租来的,租车就要办手续,就会有目击者,就要出示和登记证件,别管真假,总比没有强,所以这个案子应该不会太难破。

现场工作结束后,我回到办公室,刚定定神,大兴分局来报,说一个高尔夫球场墙外发现一具尸骨。今天这是怎么了,老是尸骨。我召集大家收拾东西准备去大兴,这时来消息说已经查清楚了,是几年前修球场时挖坟挖出来的,不必去现场了。我这才松了一口气,心想,过去我单日出四个命案现场的有好几次,今天最后一天值班也就是这样了,哪能一天超过四个现场。

晚上九点多钟,总值班室又来报告,亦庄开发区发生一起抢劫杀人案。看来,今天不凑够五个是饶不了我的。我们一行人马又披挂上阵,赶往开发区。案情是这样:晚上八点多钟时,侯女和庞男谈恋爱来到路边,突然一辆汽车驶来,跳下三名男子,手持五十厘米长的铁棍,高喊把手机交出来。两人一看不好,撒腿就跑,庞男被两名男子追上,用铁棍猛击头部,打倒在地,抢去手机。侯女跑得慢,当即被按倒在地,从口袋里翻出手机,抢走。作案后,三人跳上汽车逃走,汽车朝马驹桥方向驶去。999急忙将庞男拉到邻近的同仁医院分院,可惜他再也没有醒来。这种案子还是很有希望破的,亦庄是北京一个新的开发区,街道上已经安装了监控摄像头,运气好的话也会帮上忙的。一通忙乎,创下了我个人单日出命案现场的最高纪录。后来听说这五个案子中破了四个,没破的当然就是路灯井里的那个,也算是为我的刑警生涯划上了一个句号。

我不追求五个案子全破,留点残缺和遗憾才是真正的人生。

从进门到上任:保安开始敬礼了

出了五个命案现场的两天后(2月6日),我到警察学院接受任命。

2月6日是个阳光明媚的日子，但我自己的心情却很复杂，前面的路是什么样呢，我会面临什么样的挑战与机遇呢？一切都不知道，一切都看不到。但是我清楚的是，我要与刑侦工作、刑事技术和法医专业告别了。自己在这一行干了二十多年，如果从上大学算起，已有近三十年，几乎贡献了我的全部聪明才智，几乎构成我的全部警察职业生涯。刑侦总队长说："左博，虽然你不干刑警了，但是什么案子的现场不让你进去呀？"话虽这么说，但我心里清楚，以前命案必出，在现场上游刃有余，以后恐怕就不行了。

　　这种人生的重要时刻应该请我的爱人参加，我特意让她穿上一件深蓝色毛衣，颜色上与警察相同，这样在着装整齐的警察中不会太显眼。

　　车子开到学院门口，保安拦住不让进，司机小齐心平气和地说："这是你们的新院长。"他探头看着我，半信半疑地放行了。

　　任命大会在新落成的模拟指挥中心举行，出席会议的除局领导外，主要是警察学院全体领导干部。首先全体起立，奏国歌，然后由北京市公安局党委委员、政治部主任单志刚宣布我的任命。接下来是我表态发言。

　　说句实话，对这个职务，我是充满了敬畏之心的，深感这副担子的分量，应该说是如临深渊，如履薄冰。因为作为一个民警来说，从警几十年中，能够得到一个任命的机会，应该说是不多的。就我个人的学识、才能和资历来说，并不是完全具备了担任这项职务的应有能力，因此，我要做好这项工作，必须"依靠市局党委"，"发挥集体的智慧和力量"，特别是要"靠自己努力地学习"，尽快地完成角色的转变。说完这三点，我还特别感谢了我的太太，结果主席台上的几位领导都朝台下看去，想看看她在哪里；台下警察学院的领导干部们也都纷纷回过头去，想看看哪位是新院长的爱人。只见我太太在众人的注视下，缩成一团，顺着椅子使劲儿往下出溜。请太太参加任命大会这件事当天下午就在市局传开了，我接到好几位朋友的电话，都对这个

这些场面，只有在警察学院才能看到（2007）。

行动大加赞赏，特别是女警们。

任命大会很快就结束了。结束之后，搬家成为当务之急。我看了一眼我的新办公室，比在刑侦总队的小了一多半，以前办公室里营造的诸多理念在这里也难以实现了，可又一想，在警察学院这里的文化氛围中，一定能创造出新的理念。

我钻进汽车，汽车一溜烟儿驶出学院大门，我瞟见门口保安已经开始敬礼了。